# UN ALLER-RETOUR

DU MÊME AUTEUR

*L'Itinéraire de Parhan au château d'Alamut et au-delà*, Fayard, 1978.

*Le Grand Manège*, Plon, 1993.

DOMINIQUE BROMBERGER

# UN ALLER-RETOUR

ROBERT LAFFONT

ISBN 2-221-09808-0

*À Geneviève, à ses filles,*
*à Camille notre fille,*
*à Jeanne (d'Arc),*
*ainsi qu'à celles et à ceux*
*qui m'ont prié de revenir à eux.*

*À ma mère aussi, qui s'est assurée*
*que j'étais bien de retour*
*avant de s'en aller.*

*Notre nature est dans le mouvement, le repos entier est la mort.*

PASCAL, *Pensées.*

*Il s'approcha en tremblant et se mit à genoux auprès d'elle. Alors, comme la fin de l'enchantement était venue, la princesse s'éveilla.*

PERRAULT, *La Belle au bois dormant.*

*Après avoir atteint les limites de la vie, après avoir vécu avec exaspération, tout le potentiel de ces dangereux confins... si l'on continue cependant à vivre, ce n'est que par la grâce de l'écriture qui, en l'objectivant, soulage cette tension sans bornes.*

CIORAN, *Sur les cimes du désespoir.*

# *Avertissement*

Le premier jour du mois de mars 2001, alors que je me rendais, tôt le matin, à mon travail, un camion m'a coupé la route si brutalement que je n'ai pas eu le temps d'effectuer la moindre manœuvre pour l'éviter. Mon scooter s'est encastré sous la machine.

Je n'ai aucun souvenir de l'accident lui-même, ni des premiers soins qui m'ont été apportés par le SAMU. Pourtant, quand j'ai été descendu de l'ambulance, je me suis brièvement réveillé. Mais pour subir les multiples opérations qui devaient me sauver la vie, les médecins de l'hôpital de la Pitié-Salpêtrière m'ont immédiatement placé sous sédation. C'est ce que l'on appelle le « coma artificiel ». Il était acquis que je sortirais du sommeil dès que l'on arrêterait la perfusion de ce produit anesthésiant et endormissant. Quand la dizaine d'interventions que nécessitait mon état s'est achevée, le robinet a été fermé mais je ne me suis pas réveillé. Je ne suis sorti du coma qu'au bout de trois semaines. Ce livre est le récit de ces journées « ailleurs », de cet aller et retour aux frontières d'un autre monde, de ce séjour dans les limbes.

Jusqu'à une époque très récente, il était écrit que le comateux n'avait pas de conscience véritable. Puisqu'il était impossible pour les gens « de l'extérieur » de communiquer avec lui, la conscience ne pouvait subsister chez ce dormeur qui ne donnait pas d'autres signes de vie que ceux d'une existence végétative. Cette théorie « de bon sens » a été progressivement remise en cause. Je peux témoigner que le coma n'est en aucun cas une absence de conscience. Je veux transmettre mon expérience, qui n'est évidemment pas unique, mais à propos de laquelle ceux qui se sont trouvés dans le même état ont toujours eu du mal à témoigner. J'ai su pourquoi dès que j'ai commencé à rédiger cet ouvrage. Chaque page exigeait une plongée pénible et laborieuse dans ce moment particulier de mon existence. Les phrases qui ressortaient de l'écriture de chaque épisode étaient d'une telle densité que moi seul étais en mesure de les comprendre. Il me fallait à chaque occasion rédiger à nouveau ce que j'avais couché sur le papier.

Néanmoins, je tiens à donner l'assurance à chacun de ceux qui voudront bien me suivre dans ce voyage un peu particulier que rien dans les pages qui vont suivre n'est inventé, qu'aucun emprunt n'a été opéré aux récits d'autres « dormeurs ». Le sujet est assez grave pour qu'on n'ose pas se livrer à ce genre de pillage. Qu'on me fasse le crédit de me croire dans tout ce que j'écris.

Certains êtres humains ont souffert d'accidents plus graves que le mien, ils ont été si grièvement blessés que leur corps, des années plus tard, n'était encore qu'un objet de douleur, amputé, déformé, désarticulé, paralysé. Leur cerveau ne leur laissait parvenir que des messages de souffrance. Ils appelaient constamment de leurs vœux une fin à laquelle les médecins les avaient provisoirement et pour le pire arrachés. D'autres encore ont côtoyé la mort de plus près que moi. Certains l'ont rencontrée en un étrange face-à-face : leur cœur s'est arrêté de battre et même leur cerveau de fonctionner pendant un temps. Il en est, enfin, qui ont connu des périodes de coma plus longues que celle dont j'ai fini par m'évader.

Mais bien peu d'entre les « dormeurs » ont tenté d'emmener le lecteur avec eux naviguer sur les eaux troubles du Styx du début à la fin de leur traversée. Et encore, ne fut-ce le cas bien souvent que de ceux qui ne s'étaient pas trop éloignés du rivage.

Beaucoup en revanche ont témoigné. J'ai parcouru quelques-uns des ouvrages qui rassemblent en nombre de telles expériences. Il s'agit là du récit de visions, de rêves ou d'hallucinations qui ne sont que moments fugitifs de ce grand voyage. Ces pans de mémoire arrachés au vaste mur sur lequel s'inscrit l'épopée de l'ombre sont des taches de couleur qui ne prétendent pas ramener au jour la fresque enfouie dans les limbes, mais seulement nous en donner à voir quelques fragments étranges. Ces photographies d'un instant, détails minuscules d'un autre monde, nous ont toujours attirés. Ils nous permettent d'entrevoir un au-delà qui n'est pas torturé. Revenu de là-bas, je veux dire que la mort est douce, qu'à ses frontières ne règne pas la peur. Je souhaite ajouter qu'il n'est pas plaisant de retourner dans la cité humaine où nous agressent des lumières brutales, des sonorités clinquantes, des voix impatientes, des gestes pressés, en un mot une agitation blessante. La vie est dure. Il faut montrer beaucoup de courage et d'énergie pour décider d'y revenir. À moins que nous n'acceptions de la visiter à nouveau que par égard et affection pour les nôtres. À moins que nous ne répondions plus à l'appel de ceux-ci qu'à notre désir. À moins que le retour au monde ne soit un geste d'amour émis en réplique à celui auquel ont procédé ceux qui se sont penchés sur notre lit, qui nous ont parlé et nous ont fait part de leur détresse et de leur désir de nous voir revenir.

Je ne prétends évidemment pas ranimer tout ce qui a pu s'inscrire dans les volutes compliquées de mon cerveau affaibli. Personne n'a jamais pu le faire, personne ne le fera jamais. Celui qui émerge péniblement du coma, sans avoir conscience de le vouloir vraiment, possède, dans la période transitoire où son réveil n'est pas jugé définitif selon des critères scientifiques, une conscience assez claire de ce que fut son état. Mais il lui est à ce moment très difficile de l'évoquer. Son esprit s'y refuse. Il se réfugie dans la pénombre de cette aube qu'il s'imagine crépuscule. Puis, au fur et à mesure que le temps passe, le souvenir s'efface. Celui qui est sorti du cauchemar ne souhaite évidemment pas y retourner. Les récits les plus talentueux furent donc jusqu'à présent ceux qui empruntaient le plus à l'imagination. Les plus malhonnêtes furent les écrits recopiés à partir de pages du dictionnaire, d'études françaises ou étrangères qui, dans un grand fatras, rapportent ce que les autorités médicales se sont peu à peu résignées à reconnaître.

Au mois de novembre 2001, je repris mon travail sans trop en souffrir. Du moins n'expérimentai-je pas d'insurmontables difficultés d'écriture. La machine fonctionnait comme avant l'accident, me dis-je d'abord. Il ne me fallut pas très longtemps pourtant pour me rendre compte qu'il m'était impossible d'accomplir quoi que ce fût d'autre que ma tâche quotidienne.

Toute ma force de travail, toute ma capacité d'organisation, toute ma faculté de mémoire étaient mobilisées vers un seul objectif : rédiger une chronique quotidienne de l'actualité internationale. Je sortais très peu de mon « bureau » situé en demi-sous-sol, une sorte de tanière pour animal blessé où le désordre des papiers répondait à celui de l'esprit.

Alors que je gisais encore sur un lit d'hôpital, il m'avait été suggéré de raconter les journées que j'avais vécues « ailleurs ». Entre Noël 2001 et le Nouvel An 2002, je partis quelques jours à Agadir avec l'intention bien affirmée d'écrire et de décrire au moins quelques lambeaux de mon expérience. Le voyage fut pénible, mon corps ne fonctionnait encore qu'à grand-peine. Mes opérations, la première et la dernière surtout, m'avaient laissé amputé de larges portions d'organes internes. Je savais que ma vie ne serait plus jamais la même, qu'elle se situerait bien en deçà de celle que j'avais connue avant l'accident. Ma femme Geneviève souffrait de mes souffrances, de mes changements erratiques d'humeur ; ma fille, Camille, du moins en avais-je l'impression, ne parvenait pas à me considérer comme un être entier, comme un père jouissant de toutes ses capacités. Un soir, je parvins à écrire trois pages. Je crus, l'espace de vingt-quatre heures, qu'il s'agissait d'un début, que ces lignes allaient avoir rapidement une suite. Cette illusion s'effaça dès le lendemain, quand je m'assis de nouveau à la table de ma chambre. Sur le moment, je crus trouver de bonnes raisons : ce faux bureau était inconfortable, l'éclairage de l'hôtel était trop pauvre. Même au milieu de la journée, le moucharabieh, cette dentelle de bois qui protège l'intimité des habitants des anciennes maisons arabes, ne laissait pas pénétrer assez de lumière du jour pour écrire ou lire confortablement. Mais il fut vite évident que je n'étais pas encore prêt à pratiquer ce retour sur l'année écoulée, la plongée en moi-même qu'impliquait un tel récit.

Quand, de nombreux mois plus tard, me revint une certaine appétence pour l'écriture, je constatai que beaucoup de souvenirs commençaient à s'envoler, que je peinais à retrouver les sensations qui avaient été les miennes pendant ce voyage. Peut-être était-il, pour mon esprit, plus plaisant de tirer un drap sur ces moments comme on le fait sur un cadavre dont l'expression du visage dérange et dont les blessures noircies suscitent la répulsion.

J'avais, fort heureusement, pris quantité de notes pendant la période où je n'étais pas encore revenu à moi-même. J'avais consulté les médecins qui m'avaient assisté pendant mon absence et mon laborieux retour vers la vie ordinaire. J'avais recueilli les témoignages des miens.

*Un aller-retour*

Il m'a fallu plus de deux ans pour écrire ce que vous allez lire, mais, aussi pénible fût-elle à rédiger, cette histoire n'aurait jamais été publiée si elle n'avait pas bénéficié de l'aide de celles et de ceux qui m'ont aidé au long de ces mois d'épreuve.

*La Couarde, le 1er janvier 2004.*

## Agadir, le 28 décembre 2001

Je ne vivrai plus très longtemps... C'est seulement, ce matin, plus de trois mois après la « sortie » de l'hôpital, près de dix mois après « l'accident » que cette évidence s'est imposée à moi... Elle s'est imposée non pas à l'issue d'une bataille, mais simplement comme une vérité enfin libérée après avoir été trop longtemps retenue à l'abri de la lumière dans une caverne de mon esprit. Je n'ai pas le sentiment d'avoir combattu pour tenter de la maintenir dans l'obscurité. Mes forces n'ont pas été défaites dans un combat. Cette certitude a pris place doucement dans ma pensée. Doucement, calmement, alors que l'éveil de ma conscience progressait aussi lentement que le lever de ce jour d'hiver. Quand la lumière a commencé de se répandre dans la chambre, l'évidence s'était installée. Quand celle-ci a trouvé sa place, je me suis entièrement éveillé. C'est ma nouvelle compagne. Dorénavant, je vivrai avec elle. Elle est même devenue, je le sais à cet instant, une part essentielle de ce que je suis.

Et pourtant, je me souviens de ce jour de septembre, il y a de cela plus de dix ans, où je m'étais écrié : « Je suis immortel ! » Ma femme, Geneviève, m'avait regardé avec un sourire ironique et indulgent. Mes compagnons de voyage, qui ne parlaient pas notre langue, m'avaient contemplé avec une curiosité étonnée, la curiosité de savoir ce qui provoquait ce cri et quel en était le sens. Quant au chauffeur chinois, il avait souri pour dissimuler sa gêne.

Nous nous étions haussés presque au sommet du monde. L'engin de transport s'était arrêté sur l'arête de ce col légendaire qui sépare l'Asie bouddhiste du monde musulman. Chine d'un côté, Pakistan de l'autre. À cet endroit, il faut choisir entre deux pentes, l'une qui, après un long cheminement, mène à l'océan Arctique ou aux bordures du Pacifique, ou l'autre, plus escarpée, qui dégringole vers la mer d'Arabie.

Sous l'effet d'une étrange impulsion, j'avais tenté de franchir les derniers mètres de ce col en courant mais j'avais dû bientôt m'arrêter, épuisé par un effort qui ailleurs eût été anodin, mais qui à cette altitude, plus élevée que celle de n'importe quelle montagne d'Europe, m'avait asphyxié en quelques secondes. Pourtant, ce rappel à ma condition de machine humaine périssable n'avait pas pu prévenir ma tête et ma bouche d'articuler cette instantanée et glorieuse évidence : « Je suis immortel. »

C'était, à coup sûr, la beauté puissante et tragique des pics de l'Himalaya qui avait inspiré ce cri. À cette altitude, les montagnes apparaissent moins élevées que lorsqu'on les contemple de leurs premiers contreforts ou même du plateau tibétain, mais on constate pourtant qu'elles touchent au ciel. Ces piliers édifiés par la puissance créatrice, sculptés par le temps, sont là pour l'éternité. Ils ne sauraient être détruits car alors le ciel qu'ils soutiennent s'effondrerait sur la terre. La majesté impitoyable de ces montagnes, l'attraction périlleuse qu'elles suscitent chez nous en font le point de rencontre entre la vie et l'éternité. Quelques centaines de mètres au-dessus de ce col, plus aucune vie n'est possible. On passe tout doucement de l'existence organique à l'éternité. L'éternité est là, à portée de la main. Celui qui pénètre ce paysage devient lui-même éternel. Il est vraiment, au moins pour un temps, immortel parce qu'il sent bien que son enveloppe charnelle n'est qu'un appareil, un appareil qui lui permet de se mouvoir en ce monde, mais qui ne saurait avoir d'autre fonction.

Parfois le rêveur se réveille à mi-pente de l'une de ces parois glacées qui semblent si proches. S'il prend peur, si une tempête de neige se déchaîne, si, à force d'avoir trop longtemps lutté, ses forces l'abandonnent, alors il redevient mortel. Et s'il est mortel dans ce monde, impassible, indifférent aux souffrances, il ne tardera pas à mourir.

Longtemps, je suis resté immortel.

Je suis redescendu de ces hauteurs en quelques jours, mais je n'ai jamais admis que ma vie pouvait avoir une fin. Plus tard, je suis allé taquiner d'autres sommets, d'autres déserts de glace, très loin dans le Grand Nord, là où, pas plus qu'aux très hautes altitudes, il n'est la moindre trace de vie, parce que aucun organisme ne trouve rien à s'y nourrir. Au cours de ces équipées j'ai renforcé ma conviction. J'étais bien immortel puisque, mettant ma vie en danger ou plutôt en jeu, rien, ni personne, ni Dieu, ni bête, ni homme ne venait me la retirer. Il n'était pas même question que mon corps vieillisse puisque je lui imposais des épreuves qu'il n'avait pas affrontées jusque-là et que cette machine imparfaite ne s'y refusait pas. Il n'y a pas si longtemps, j'étais encore immortel.

Ou peut-être ne voulais-je pas voir la mort...

Aujourd'hui, je sais que je vais mourir, comme tout le monde, et même à un âge moins avancé qu'un grand nombre de ceux qui m'entourent.

Je suis devenu mortel en un instant. En beaucoup moins de temps qu'il n'en faut pour l'écrire.

Cela s'est produit dans un fracas de métal écrasé, dans le craquement sourd des os broyés, dans le chuintement bref et mou des viscères déchirés.

C'était très tôt au cours d'une matinée brumeuse de mars, dans les premières semaines de la première année du siècle. J'ai rencontré la mort, elle m'a accompagné un long moment et puis je l'ai quittée. Mais maintenant je sais qu'elle me rattrapera bientôt. Parce qu'on ne lui échappe pas. Ceci est le récit d'une rencontre et d'une séparation... provisoire.

# Le 2 mars 2001 : l'accident

Cet objet règle ma vie. C'est un réveil au cadran numérique en plastique noir. En me couchant, je fais défiler les heures et les minutes. Les mauvais jours, j'arrête le chiffre des heures sur quatre et celui des minutes sur quarante-cinq. Cela se produit quand j'ai hésité toute la soirée en tournant les pages des journaux et celles d'Internet, en assaillant les meilleurs spécialistes des contrées les plus lointaines de coups de téléphone, pour essayer d'en savoir plus, de mieux comprendre les vraies causes d'un événement, un événement dont je cherche interminablement en quoi il peut intéresser ceux qui voudront bien m'écouter le lendemain et que je n'ai pas trouvé. Ces soirs-là j'apprends beaucoup mais je ne parviens pas à me résoudre à choisir. L'angoisse me tenaille alors de faire le mauvais choix, d'aligner une série de banalités, de répéter ce que j'ai déjà dit peu de jours auparavant. Ces soirs-là vous allez vous coucher en priant le Ciel que les adages se révèlent exacts et que la nuit vous porte conseil. C'est heureusement parfois le cas. Il en est ainsi depuis plusieurs années, depuis que j'ai pour mission de tenter d'expliquer aux auditeurs de

France Inter la signification des accidents de parcours de notre monde.

Il y a aussi, mais assez rarement, les soirs glorieux. L'événement à traiter le lendemain matin dans votre chronique radiophonique s'est imposé à vous dans le courant de l'après-midi ou en début de soirée.

Ces fois-là votre plume vole sur le papier. À l'heure de l'apéritif (mais qui a encore le temps de prendre l'apéritif ?), puis à celle du dîner, l'écoute des journaux radio, puis la contemplation un peu hébétée de ceux de la télévision vous confirment que votre sujet mérite bien d'être repris le lendemain matin parce que le thème ou les idées que vous avez choisis n'ont pas été encore développés par ces moyens d'information de masse.

Ces soirs-là, la chronique rédigée, vous appuyez deux fois sur le petit bouton qui permet de modifier l'heure à laquelle l'alarme se déclenchera pour passer de quatre à six heures.

Enfin, il y a les soirées incertaines, celles où vous avez choisi le sujet à traiter, la façon de l'aborder, où vous avez rédigé votre adresse à la ville et au monde, à l'intention d'un vaste public dont vous aimeriez tant savoir à l'avance comment il va réagir, mais dont vous n'ignorez pas qu'il est multiple, contradictoire, impossible à séduire dans son intégralité. Vous pensez avoir fait le bon choix, disposer d'éléments d'information un peu novateurs, leur avoir appliqué une méthode d'analyse à peu près exacte, mais en vérité vous n'êtes sûr de rien. L'écriture vous paraît incertaine, les termes utilisés ne sont pas précisément appropriés. Il faut en tout cas réécrire. Ces soirs-là, vous arrêtez le chiffre des heures sur cinq. Et puis vous éteignez la lumière, mécontent de vous.

***

Ceux qui, tous les matins de la semaine, ressentent le cri du réveil comme une injustice sauront de quoi je veux parler. On préfère d'abord imaginer que cette sonnerie ne nous est pas destinée, qu'elle a pour fonction d'avertir d'autres que soi. Mais cette tentative de mensonge n'est pas longtemps tenable. En quelques secondes, tout doute est dissipé, alors même que l'esprit flotte encore dans le sommeil. L'agression vous vise personnellement. C'est à cet instant, en général, que se produisent les catastrophes domestiques. Une main hésitante cherche l'origine de cette pénible sonnerie. Elle n'est pas guidée avec maîtrise. Le cerveau reste ensommeillé. Beaucoup de lampes de chevet plus ou moins anciennes terminent à ce moment-là une carrière méritante. Des piles de livres entassés sur la table de nuit s'effondrent parfois au cours de cette recherche incohérente. Ces livres entraînent dans leur dégringolade l'engin sonore agressif. Cela va provoquer dans l'instant qui suit de la part du dormeur encore imparfaitement réveillé une recherche frénétique sur le sol de la chambre dans le but de localiser l'appareil et d'arrêter la sonnerie.

Ce matin-là, il est cinq heures quarante-cinq. La veille au soir, j'ai rédigé une sorte d'appel en faveur des femmes afghanes écrasées, affamées, brisées par la loi des taliban. Les veuves de Kaboul, quand elles n'ont pas de famille pour subvenir à leurs besoins, n'ont plus que le choix de leur mort. Elles peuvent opter pour la lente agonie de la recluse, qui n'est pas autorisée à sortir seule dans la rue, et mourir lentement d'inanition. Elles peuvent préférer le supplice dans le stade de la ville réservé à celles qui défient les interdits religieux. Mais je ne suis pas satisfait de ce texte. Il n'est pas assez précisément informé. Je ne suis pas sûr non plus que la construction n'en soit pas perfectible. C'est pourquoi j'ai décidé de le reprendre entièrement ce matin. Dans d'autres circonstances, j'aurais réglé la sonnerie une demi-heure plus tôt. Mais nous sommes début mars. Je n'ai pas pu prendre le moindre congé en février. La fatigue s'est accumulée et, à l'heure de me coucher, je me suis accordé ces trente minutes de sommeil supplémentaires. On est toujours puni de ses faiblesses.

La veille au soir, j'ai préparé les vêtements de ce jour. Nous ne sommes pas sortis de l'hiver, il ne gèle certes pas, mais il fait encore frais et l'humidité vous saisit le matin quand vous sortez dans la rue. Plutôt que de m'habiller aux couleurs de l'hiver de ce gris anthracite qui convient aux mondanités, j'ai choisi celles de l'automne, pantalon de velours et veste de tweed d'un vert foncé pour le premier, un peu rouille pour la seconde. J'ai enfilé de grosses chaussures de marche aux semelles de gomme. Ce n'est pas un concours d'élégance auquel je vais participer. Il n'y a pas de rendez-vous ministériel ou diplomatique au programme de ma journée. Et puis ces chaussures me rassurent. Avec des semelles en cuir, on glisse trop facilement sur la chaussée, surtout quand celle-ci est humide et, à scooter, on est parfois contraint à des manœuvres de sauvetage.

Le jour n'est pas encore tout à fait levé. Il est six heures trente passé de quelques minutes, mais il y a déjà suffisamment de luminosité pour ne pas être obligé de s'en remettre uniquement à l'éclairage public. Et de plus, si l'air est humide, moite, dirait-on s'il faisait plus doux, il ne pleut pas. Il n'y a pas même une de ces petites bruines dont les gouttelettes viennent se coller sur le pare-brise et s'y accrochent jusqu'à ce qu'on soit ou non parvenu à destination.

Additionnez nuit et pluie et vous saurez ce qu'est le cauchemar d'un conducteur de scooter. Le soir, les automobilistes éblouis par la lumière diffractée par les gouttes d'eau qui s'accumulent sur leurs vitres nous voient mal dans le flot de la circulation. Tôt le matin, quand la nuit n'est pas encore dissipée, les piétons qui s'avancent sur la chaussée et les cyclistes qui roulent sans éclairage ne surgissent que très tard dans le faisceau de notre unique phare.

Ce jour-là, le sol est sec, la visibilité est bonne, elle sera encore meilleure quelques minutes plus tard. Le trajet ne devrait pas susciter d'inquiétude particulière, une fois parcourue la rue Froidevaux, un peu étroite, où le danger peut venir d'un automobiliste qui quitte sa place de stationnement sans avoir vérifié le trafic. À cette heure, l'ensommeillement et la quasi-absence de circulation rendent ces fautes plus probables. La suite du trajet s'annonce, en revanche, un peu moins dangereuse. Seuls les jeunes inconscients s'autorisent alors à relâcher leur attention pour s'enivrer de la sensation de liberté que procure la conduite d'un deux-roues. Si tous les sens restent en éveil, la tension nerveuse, celle qui est suscitée par la conscience de l'extrême fragilité de notre vie dans ce genre de circonstance, baisse un peu. Chaque carrefour pourtant est une menace. Aux heures de la nuit plus qu'à d'autres, certains conducteurs s'obligent à courir et à faire courir aux autres le risque de passer au feu rouge.

Trois jours auparavant, au croisement des avenues de Suffren et de Lowendal, j'ai eu un mauvais pressentiment. Suffren constitue la frontière entre le 7e et le 15e arrondissement de Paris, Lowendal sépare l'UNESCO de l'École militaire, la Culture internationale de la Défense nationale. C'est un bon endroit pour mourir. Pour moi qui m'applique chaque jour à recenser les lieux de conflits et le choc des civilisations, à appeler à l'aide la raison dans les affrontements étrangers, à tenter de convaincre que la science ne suscite pas que des dérives mortifères, à oser penser que, même si elles entraînent beaucoup de souffrances, il peut exister des guerres justes, cet endroit pourrait être une sorte de lieu géographique de mes pensées professionnelles à Paris. Ma vocation d'observateur des événements internationaux est née à Beyrouth, où j'ai effectué mon service national et où j'ai découvert dans les camps palestiniens le malheur dont tout un peuple pouvait être victime. Mais eussé-je été un de ces chroniqueurs diplomatiques qui ont fait leurs premières armes dans les salons du Quai d'Orsay et dans les couloirs de l'Assemblée nationale, j'aurais considéré l'avenue de Lowendal comme une sorte de propriété privée, ou du moins de copropriété à l'échelle d'une profession. On dit que de vieux chiens retournent pour mourir dans le bosquet où leur mère a mis bas. Faute d'une fin glorieuse sous la mitraille d'une guerre civile, l'endroit est un bon second choix pour se faire abattre.

Inutile de dire que ces pensées n'avaient pas traversé mon esprit trois jours auparavant quand, en passant à ce carrefour, j'ai entendu très clairement cet avertissement : « Dominique, si un jour tu as un accident, ce sera à cet endroit-là. » Je ne suis pas Jeanne d'Arc, ce n'était pas une voix qui résonnait dans ma tête. Il s'agissait d'un avertissement à l'origine inconnue, comme beaucoup d'hommes et de femmes en ont reçu à travers les siècles, qu'il se fût agi de l'annonce de grands ou de petits malheurs, de grands ou de petits bonheurs. Certains y croient, d'autres les négligent. Peut-être faut-il refuser de s'en soucier. S'y attacher, n'est-ce pas la plus sûre manière, et la pire dans ce cas, de les voir se transmuer en réalité. La collision était peu vraisemblable sur cette large avenue où, même aux heures de pointe, la circulation n'est jamais intense. Mais il faut croire que j'avais pris au sérieux cette mise en garde puisque depuis trois jours je respectais scrupuleusement la limitation de vitesse à cinquante kilomètres à l'heure sur cette avenue où rien ne paraissait pouvoir m'arriver. Pourquoi donc ce carrefour eût-il dû m'inquiéter plus que d'autres ? Tôt le matin, en descendant l'avenue, je croisais rarement plus de trois ou quatre voitures venant en sens inverse. Je me disais que la tentation pouvait être vive pour un conducteur pressé, épuisé parce que arrivé au bout de sa nuit, peut-être ivre d'alcool et de danse, de passer au feu rouge pour gagner la minute qui lui permettrait de retrouver le plus rapidement possible un repos que son corps et son esprit réclamaient avec urgence. Dans de telles circonstances, le plus grand danger viendrait pour moi de droite. En effet, on a le temps d'apercevoir à une certaine distance un véhicule arrivant de gauche. Le conducteur, s'il est conscient de sa faute, a encore tout le carrefour à franchir. Il peut se livrer aux manœuvres nécessaires pour éviter le choc.

Ce matin-là, il ne pleut pas, la luminosité est suffisante, le regard porte loin. À une centaine de mètres du feu, je vois celui-ci passer au vert. Quand je serai à sa hauteur, me dis-je, le risque sera écarté d'un chauffard arrivant de la droite alors que pour lui la signalisation vient de tourner au rouge. L'accident ne devrait pas être pour aujourd'hui.

M. a, lui aussi, réglé son réveil la veille au soir. Il a programmé la sonnerie pour deux heures du matin. Se lever à une telle heure est inhumain. Tout le corps crie à l'injustice. Ceux qui ont vécu une fois, une fois seulement, cette expérience ont coutume de dire qu'ils préféreraient ne pas se coucher plutôt que de subir cet arrachement au sommeil auquel le corps et l'esprit se refusent absolument. Pendant de très longues minutes, à cette heure-là, aucun être humain n'est capable d'avoir une conscience précise des activités auxquelles il se livre. Dans les premiers temps du moins. Au bout de quelques semaines, ou bien vous êtes devenu une sorte de zombie qui, à chaque geste de la journée, s'englue dans une conscience embrumée ou bien vous avez réussi, au moins partiellement, à vous habituer au décalage horaire. Mais de toute façon, le temps du réveil reste un moment odieux qui refuse longtemps de prendre fin. L'éveil tarde, le sommeil s'accroche à vous. Une douche, même brûlante ou glaciale, ne parvient pas à vous débarrasser de cette douleur collante qui refuse de se dissoudre dans l'eau qui coule sur votre corps. Pour retrouver un peu de clarté de l'esprit, il vous faudra encore de longues minutes. Entre-temps, quelques automatismes ponctués d'erreurs de manipulation vous permettront de progresser en trébuchant dans la liste des tâches à accomplir avant de quitter votre domicile.

C'est seulement la deuxième fois de sa vie que M. se lève à cette heure barbare. La veille, il a heurté plusieurs meubles dans ses déplacements maladroits. Le choc d'une chaise renversée dans la salle de douche, le crissement des pieds métalliques de la table de cuisine sur le carrelage ont brisé le silence de la nuit. Un instant il s'est inquiété pour ses trois petits, ceux qu'il élève avec sa dernière compagne. Mais ni elle ni eux n'ont émis le moindre bruit. Pas de plainte ensommeillée, pas même un craquement de sommier. À cette heure, on dort profondément, n'est-ce pas ? Peut-être l'avertisseur de son camion réveillerait-il la maisonnée ? Mais de cela même il n'est pas sûr... S'il a vraiment conçu cette idée, il se pourrait qu'il ait constaté que son niveau d'éveil a progressé depuis sa sortie du lit. Mais lui-même ne s'en souvient pas. Il s'est donné vingt minutes pour effectuer une toilette rapide, avaler un morceau de pain et de fromage, faire chauffer et boire le café préparé la veille au soir.

Encore faut-il effectuer ces mouvements dans l'ordre, bien penser par exemple à allumer le feu sous la casserole qui contient le café avant même de couper le pain. Voire, si possible, à sortir le beurre et le fromage du réfrigérateur avant de prendre le pain. Encore quelques jours et ces gestes se feront d'eux-mêmes, sans y réfléchir. Ils seront moins pénibles à accomplir que lorsqu'ils nécessitent le contrôle d'une conscience qui se dérobe. M. effectue le mouvement inutile de se tourner vers la fenêtre pour tenter de discerner le temps qu'il fait. En pleine nuit, c'est à peine si on peut savoir s'il pleut ou non. À moins bien sûr que ne souffle un vent violent qui projette des gouttes d'eau bruyantes sur la vitre.

En sortant de son HLM, il est saisi par l'humidité de la nuit. Il a plu et des relents de cette pluie sont encore suspendus dans l'air. Sa voiture, une Polo beige, attend à proximité de la porte. De l'extérieur, elle n'a pas fière allure mais, comme chaque fois qu'il l'utilise, M. prend plaisir à constater qu'il suffit de tourner brièvement la clef du démarreur pour lancer le moteur sans que celui-ci émette le moindre chuintement de protestation. Il en conçoit toujours une certaine fierté puisque c'est lui qui règle l'engin, le bricole ou le répare. En effectuant la marche arrière nécessaire pour s'extraire de la place de stationnement, il conçoit une dernière hésitation : il n'est pas encore certain de disposer de l'intégralité de sa capacité d'attention et il va devoir, il en est sûr, sur la route de Gien affronter quelques nappes de brouillard. Mais il est deux heures et vingt-cinq minutes. À cette heure-ci, le trafic est presque inexistant. Il connaît bien le chemin qui traverse un paysage à peine ondulé, dessiné par les alluvions de la Loire. Il vit chaque jour avec ces champs de blé, de maïs et de colza parsemés de petits bois. Le seul danger sur cette route, croit-il, pourrait provenir d'un fêtard imprégné d'alcool. Mais dans une nuit du jeudi au vendredi, comme celle-ci, le risque est minime. M. néanmoins se concentre, ou tente de se concentrer, sur ce qu'il pourrait y avoir d'inhabituel sur la route.

Quand il arrive devant les tristes bâtiments de la meunerie, il n'est pas encore trois heures. Il éprouve une sorte de soulagement. Le Renault BA, avec lequel il a déjà livré la veille pour la première fois, l'attend chargé. Sous la bâche verte, les sacs de farine sont soigneusement rangés. C., le manutentionnaire, sera son passager. M. se sent rassuré par cette présence. On ne s'endort pas quand on est deux. On parle pour se tenir éveillé. Et dans le pire des cas, si le chauffeur commence à dodeliner de la tête, son compagnon, mû par une bouffée de peur, lui donne un coup dans les côtes. Dès qu'il met en marche, M. recouvre sa confiance ; les habitudes, les réflexes ont repris le dessus. Il lui semble qu'il n'a plus besoin de cette conscience ensommeillée qui alourdissait chacun de ses gestes. La route est ouverte, il s'y promène sans peine jusqu'à la jonction de l'autoroute. Là, c'est vrai, surtout à cette heure de la nuit où l'on ne rencontre personne, il pourrait avoir la tentation de se laisser aller, mais C. est bien éveillé et, quand ils n'ont plus rien à se dire, M. augmente le volume de la radio qu'il garde toujours en fond sonore. Leur première halte est à Rungis. M. ne connaît pas bien. Il ne s'y est rendu qu'à peu de reprises au cours de sa vie professionnelle, mais C. s'y trouve comme chez lui ou presque. Il n'a guère de peine à diriger son compagnon dans le dédale des bâtiments. Tout serait même parfait s'il n'y avait devant le hangar où ils doivent décharger leur première livraison près d'une dizaine de camions en attente. L'énervement alentour est perceptible jusqu'à l'intérieur de leur cabine. Mais chacun s'active tant, au milieu de beaucoup de cris et de ces ahanements qui aident à lever les charges les plus lourdes, que le retard qu'ils vont prendre à cette occasion sera moins important que tous deux ne l'avaient d'abord craint. Ils savent pourtant que si Rungis est l'étape physiquement la plus dure, il leur reste à accomplir la tâche la plus difficile. Ni l'un ni l'autre ne connaissent bien la capitale. Ils doivent trouver une boulangerie jamais vue auparavant dans une ville qui leur est étrangère. D'ores et déjà ils ont pris du retard. Peut-être dans cette boutique attend-on leur farine pour faire le pain du jour ? Si tel est le cas, l'artisan mécontent risque d'appeler leur patron pour se plaindre du tort fait à son commerce. Et M. n'a été engagé qu'à l'essai. C. dispose d'un plan, mais cet entrelacs de rues l'a si fort inquiété quand il a consulté la carte, qu'il a décidé de faire au plus simple. De la porte d'Orléans, par laquelle ils entrent dans la ville en allant toujours tout droit, on rejoint la Seine, et après cela il suffit de suivre le fleuve jusqu'à une avenue que l'on trouve sur sa gauche juste avant la tour Eiffel. Peut-être C. n'a-t-il pas bien calculé le temps que prendrait ce trajet, car même au petit matin de ce jour-là si, dans la capitale, la circulation est presque inexistante, les feux de circulation ont, semble-t-il, pris la décision insupportable de contrarier leur allure. Déjà, entre Rungis et Paris, une accumulation de véhicules serrés les uns contre les autres les a amenés à rouler au pas un moment. Certes, on ne peut pas parler d'embouteillage mais, à cette heure pourtant très matinale, il suffit d'un véhicule immobilisé sur la voie de droite, là où il n'existe pas de bande d'arrêt d'urgence, pour faire remonter plusieurs kilomètres en arrière le ralentissement.

Derrière son volant, M. est tendu, angoissé. Et ces feux de circulation, qui paraissent se liguer contre lui, commencent à susciter un agacement qui, il le sent bien, pourrait tourner à la colère. Le long de la Seine, ils le savent tous deux, existent des voies sur berge où la maudite signalisation tricolore les laissera en paix. Mais la nuit, pour qui ne connaît pas le trajet, beaucoup de panneaux sont illisibles et les directions insuffisamment affichées. M. conduit plus vite pour tenter de combler une partie du retard. Du coup, C. n'est pas assez vif pour lui indiquer en temps utile qu'il faudrait plonger à droite pour rejoindre la berge. M. s'agace et fait observer, un rien brutal, à son coéquipier que c'est son emploi, à lui conducteur, qui est en jeu. Entre les deux hommes, le quadragénaire privé de travail depuis six mois et l'apprenti plus insouciant, la relation est en train de changer. La camaraderie qui était de mise une heure seulement auparavant se mue chez M. en l'une de ces haines sourdes que peut provoquer la peur. C., qui est plongé dans son plan et que la colère qu'il sent monter chez M. panique, rate l'avenue de La Bourdonnais.

L'instant d'après, la tour Eiffel surgit dans son champ de vision. Le camion est arrêté au feu suivant. La colère que M. s'est efforcé de contenir soudain explose. L'autre lui a dit que, s'ils atteignaient la tour Eiffel, cela signifierait qu'ils avaient dépassé la voie à emprunter sur la gauche. C. se tasse sur son siège. Quand le conducteur se calme un peu, il se risque à indiquer que très peu de minutes seront perdues. Il suffira de prendre la prochaine avenue sur la gauche. Et ensuite, entre les jardins de la tour Eiffel et un grand ensemble de bâtiments appelé École militaire, on peut rejoindre la rue Saint-Dominique là où elle s'achève, ou plutôt là où elle s'ouvre à la circulation puisque, C. l'a bien noté, elle est à sens unique. M. s'apaise un peu. Deux cents mètres après la Tour, il effectue la manœuvre indiquée. À cet instant, l'inquiétude l'emporte sur la colère. Ces sentiments s'entrechoquent dans sa tête. Il n'aime pas cette cité inconnue qui paraît inhospitalière aux camions. Elle multiplie les obstacles comme à l'envi pour contrarier le bon accomplissement de son travail. C. se détend un moment. Ils sont en retard, certes, mais ils touchent au but. M. lui a fait peur. Mais le peu qu'il connaît des hommes au travail l'amène à espérer que le pire est passé. Pourtant, à peine vient-il de recouvrer un peu de paix, à peine l'émotion a-t-elle eu le temps de se calmer qu'il constate avec désespoir que le camion a franchi le carrefour qui leur aurait permis, en tournant à gauche une nouvelle fois, de rejoindre cette élusive rue Saint-Domique. Paniqué, il se replonge dans le plan de Paris. M. sent cette peur qui envahit de nouveau la cabine. L'avenue est droite. Il jette un coup d'œil sur son compagnon dont le doigt souligne un trajet. Celui-ci lui jette tout à coup : « À gauche, au feu, c'est à gauche ! » M. voit en effet que sur sa gauche s'ouvre une large avenue. Il freine, amorce sa manœuvre, s'accroche à son volant pour le faire tourner à gauche avant même d'arriver au centre du carrefour. Un camion comme celui-là ne se conduit pas comme une voiture particulière. Et, tout d'un coup, c'est l'horreur. Un scooter qu'il n'avait pas remarqué pénètre en une fraction de seconde dans son champ de vision. L'engin et son pilote dont il n'aperçoit qu'un casque blanc vont heurter le capot du camion. Il appuie à fond sur la pédale de frein... Trop tard... Le deux-roues et son pilote s'encastrent, dans un fracas terrible, sous son pare-chocs. Un témoin de la scène dira : « Quand j'ai vu cela et surtout entendu ce bruit, tous mes poils se sont dressés sur mon corps. »

Longtemps après l'accident, j'ai réussi à entrer en contact téléphonique avec cet unique témoin. M. n'avait donné aucun signe de vie et il avait, entre temps, déménagé. J'étais anxieux de reconstituer, ne fût-ce que par bribes, le déroulement de ces derniers instants. Le témoin, dont je ne sais pas s'il aimerait être identifié, m'apporta un peu d'apaisement en me confirmant que le camion avait effectué une manœuvre imprévisible mais aussi que la scène à laquelle il avait assisté avait été pour lui terrifiante. J'avais besoin que quelqu'un m'aide à reconstituer ce passage de ma vie, un moment qui m'avait été volé et que je voulais retrouver. Cet homme me dit aussi qu'il avait pratiqué la moto, qu'il avait été blessé et qu'il l'avait de ce fait abandonnée. Il avait longtemps pris grand plaisir à la liberté proche de l'ivresse que procure le pilotage d'un deux-roues. Dans le courant d'une conversation devenue incroyablement intime avec une personne que je n'avais jamais rencontrée, je lui confiai qu'il y avait, dans le fait d'enfourcher un engin de ce genre, un défi à la mort qui suscitait en moi une certaine excitation.

Quelques semaines plus tard, un médecin qui m'avait assisté et qui savait que j'avais été, pour un temps, absent à la vie, me conseilla en m'entendant répéter ces mêmes propos de relire « La Belle au bois dormant ». Il y voyait d'étranges similitudes avec les circonstances de mon voyage du moment de l'accident jusqu'à celui de mon réveil. Le lecteur en jugera.

# Un conte

Il y a quelques siècles, un conteur narra l'aventure d'une jeune personne qui se plaisait à braver les interdits. Elle vivait dans un grand château au cœur de la forêt sur laquelle régnait son père, un roi très puissant et sévère. Il enveloppait sa fille unique d'un amour inquiet. Au baptême de la princesse, une vieille fée jalouse de la beauté enfantine avait annoncé « à la consternation de la compagnie présente qu'elle se percerait la main d'un fuseau et qu'elle en mourrait ». Par bonheur, une jeune fée avait pu, quand était venu son tour de prononcer un souhait, faire état d'un « don » un peu différent. Elle avait dit au roi et à la reine : « Rassurez-vous. Votre fille ne mourra pas. Je n'ai pas assez de puissance pour défaire ce que mon ancienne a fait. La princesse, certes, se percera la main d'un fuseau, mais, au lieu d'en mourir, elle tombera seulement dans un profond sommeil qui durera cent ans et au bout desquels le fils d'un roi viendra la réveiller. »

Ce que Charles Perrault ne nous indique pas, c'est si la princesse connaissait le sort qui lui avait été jeté. Il faut pourtant le croire. À l'âge de la princesse, rien n'est aussi tentant que le danger. Le défier, c'est démontrer à chaque occasion que au contraire de ce qu'affirment les adultes, la mort ne peut nous frapper. Peut-être la princesse se savait-elle protégée par le « don » de la jeune fée. Peut-être l'ignorait-elle. À coup sûr, en tout cas, elle n'hésita pas un instant à courir le premier risque qui se présenta. « Une bonne vieille, dit le conte, n'avait rien entendu de l'édit qu'avait pris le roi pour interdire le fuseau. Elle était seule dans le royaume à filer la quenouille. La princesse trouva, par hasard, le chemin de son galetas. Par amusement, elle s'empara du fuseau. Comme il était annoncé, elle s'en perça la main et tomba évanouie. »

# Trois jours auparavant

À cinquante-six ans, bien au-delà de l'âge de raison et de celui de la princesse, je persévérais à me croire invulnérable. Peut-être avais-je besoin de frôler la mort souvent pour me persuader de cette capacité. Depuis plusieurs années, je n'avais plus l'occasion de mettre ma vie en danger à l'occasion d'un reportage. Il me fallait inventer par-ci par-là un exploit qui me permît d'aller au-delà des possibilités que l'on me reconnaissait. Sous le faux prétexte d'être à l'heure à mes rendez-vous de la journée, le scooter me fournissait cette opportunité. Je ne voulus pas voir les avertissements qui m'étaient prodigués par le Ciel. Je ne voulus pas entendre la mise en garde prémonitoire qui m'avait été adressée trois jours avant la collision. L'injustice, car il y en eut quand même une, fut d'être mené aux portes de la mort un jour que je n'avais commis aucune imprudence. Mais telle est sans doute précisément la définition de l'accident.

Longtemps j'ai hésité à faire part du pressentiment que j'avais eu de l'accident à d'autres qu'à mes familiers. Il n'y avait, je l'ai dit, rien de rationnel qui pût justifier à cet endroit une inquiétude spontanée. En parcourant depuis des années ce même trajet, j'avais appris où pouvait se situer le danger. J'avais pu échapper, plusieurs fois, aux écarts d'automobilistes qui, apercevant au dernier moment, du fond de leur hébétude, une voiture garée en double file sans feux de stationnement se dégageaient par un coup de volant imprévu. J'avais réussi en quelques occasions à me dérober à la manœuvre rageuse d'un conducteur qui, au cœur de la nuit, s'impatientait derrière un véhicule trop lent à son goût. Je connaissais les risques encourus dans la journée lorsque, à la manière des autres pilotes, je me faufilais entre deux files de voitures ralenties ou immobilisées dans les encombrements de Paris. Je savais à quel point il pouvait être périlleux de suivre de trop près tout engin à quatre roues pour en avoir vécu l'expérience. Le freinage brutal de l'un de ceux-ci m'avait envoyé l'année précédente passer une nuit à l'hôpital. Et pourtant, jamais je n'avais entendu une mise en garde comme celle qui me fut adressée le mercredi 28 février 2001 aux petites heures de la matinée. Les experts du cerveau, de l'intelligence, du comportement à qui, malgré tout, longtemps après mon accident, j'avais confié l'existence de ce message prémonitoire m'avaient affirmé qu'il n'y avait là rien de scientifiquement crédible et donc qu'un phénomène de ce genre ne pouvait pas exister. Je m'étais même rendu à la logique de leurs démonstrations et j'avais fini par m'expliquer à moi-même que j'avais, vraisemblablement dans la phase de réveil du coma, reconstruit à mon usage personnel le souvenir d'un incident qui ne s'était jamais produit. Il me fallut attendre plus d'un an pour croire enfin en moi-même. Je venais d'écrire les toutes premières pages de ce récit et, pour me documenter, je parcourais les procès-verbaux établis par la police après l'audition de plusieurs témoins et acteurs de l'accident. Interrogé par les enquêteurs, l'un des dirigeants de la meunerie leur révéla que le conducteur du poids lourd avait été engagé seulement quarante-huit heures avant la collision. Ce jour-là, le 28 février, à cette heure-là, peut-être M. s'était-il exercé pour la première fois à piloter le camion qui devait m'envoyer sur les tables d'opération de l'hôpital de la Pitié. En lisant ce compte-rendu, j'eus beaucoup de mal à conserver mon calme. Sous mes yeux se révélait une stupéfiante coïncidence. C'était donc le jour où j'avais reçu ce message que s'était mis en marche l'enchaînement de circonstances qui devait rendre inéluctable l'accident, un accident qui s'était produit dans des conditions très improbables.

Je me retrouvai alors en moi-même. Je compris que je ne devais pas me rendre au scepticisme de la science. Jusque-là, je l'admettais, j'avais pu céder à l'imagination d'un avertissement qui ne m'avait jamais été adressé. Mais, d'un coup, je le réalisais, nul ne pouvait m'expliquer ni pourquoi ni comment je l'avais daté du moment où le calendrier de l'accident avait été ouvert. À cet instant, le chauffeur s'apprêtait à rencontrer pour la première fois sa nouvelle machine. Un peu plus tard, il se voyait dicter un échéancier de livraison qui allait se placer sur mon trajet au lieu précis où j'avais reçu la prémonition. Nul autre que celui-là ne se serait trouvé à cette place à l'heure où je l'ai rencontré. Il fallait que le volant ait été confié à M. accompagné de C. Le drame exigeait pour se produire que le camion quittât la meunerie dans la nuit, que le pilote n'eût pas connaissance de Paris, que son compagnon et guide fût inattentif au moment d'aborder le Champ-de-Mars et encore... que les deux compagnons aient été retardés à Rungis, qu'un feu ait été déconnecté sur leur trajet, que...

Il faut une multitude inouïe de coïncidences pour faire un accident. C'est la condition logique *sine qua non* pour qu'il se produise. Si nombreux sont ceux qui tuent ou qui estropient, considérable est la liste de ceux auxquels il nous est permis d'échapper. Dans cette invraisemblable accumulation de circonstances, dans cette imprévisible incohérence de l'agenda de la vie, comment avait-on pu me mettre en garde le jour même où le destin frappait le premier coup sur la cloche qui allait rythmer ce récit ? Personne à ce jour n'a été en mesure de me l'expliquer. C'est, bien sûr, l'un des mystères qui organise, sans que nous n'en sachions rien, notre existence.

Mais dorénavant j'écouterai poliment les sceptiques sans les entendre. Il n'y a pas de pire ignorance que celle que suscite l'assurance de ceux qui n'ont pas ou peu vécu, qui ne croient que ce qu'ils lisent dans les livres, pour qui la science enfin est en mesure d'expliquer tout ce qui se produit de par le monde. Les grands chercheurs, les sublimes inventeurs furent ceux qui surent décrypter le manuscrit de la création. Ce texte-là n'est que mystères.

# Plonger

Situation très curieuse..., sensations inconnues..., bruit de roues métalliques qui chevauchent des rails... Ce train, s'il s'agit d'un train, secoue bigrement ses passagers. Cela n'est pas normal. Risque-t-on l'accident ou bien s'agit-il de wagons antédiluviens, remis en fonctionnement pour cause d'économie sur une ligne secondaire ? Les interrogations émergent à la surface de ma conscience ou bien devrais-je dire de mon inconscience ? Il est certain que le train s'est arrêté et que des hommes (ou des femmes ?) s'acharnent à m'extraire de mon wagon. Il n'est pas très plaisant d'être ainsi transporté sans avoir son mot à dire. L'évacuation se fait le long d'un plan incliné. Je suis couché, ligoté à ce qui pourrait être une civière. La glissade est brève. Je n'ai pas le temps d'avoir peur. On me sort à l'air libre et l'on me pousse jusque dans un corridor vitré. Les murs sont beige jaunâtre. C'est la couleur blanche qui pourtant domine dans cet univers incertain. Des silhouettes cérusées s'agitent autour de ma litière. Cet environnement pourrait être celui d'un hôpital. La ressemblance est frappante, pour ce que je peux en voir, avec l'auvent sous lequel s'arrêtent les ambulances qui déchargent les blessés dans les feuilletons télévisés. À Cochin, je m'en souviens à ce moment, l'apparence des lieux est la même. Je me suis déjà rendu plusieurs fois dans cet hôpital pour accompagner ma femme, ma fille ou ma mère à l'occasion de poussées de fièvre brutales ou d'une chute malencontreuse. Personnellement, quelques semaines auparavant, j'y ai été amené le pied écrasé par une lourde voiture. Il y a des jours, il y a des heures à Paris où les embouteillages sont si compacts que même un scooter ou une mobylette ne parviennent pas à se faufiler dans la circulation. Dans de tels moments, on pourrait croire que les automobiles ont été emboîtées les unes dans les autres comme si un géant avait décidé de les disposer en désordre comme peuvent être accumulées les pièces d'un puzzle pas encore tout à fait reconstitué. Les chauffeurs acharnés, pris dans ce gigantesque encombrement, trouvent encore et toujours le moyen de gagner quelques centimètres pour s'y encastrer plus profondément. C'est dans ce genre de phénomène automobile que je me suis retrouvé au mois de décembre dernier. Il était tard. J'avais quitté mon travail et j'avais entrepris de rentrer chez moi quand, au carrefour du boulevard Saint-Germain et de la rue du Bac, j'ai été immobilisé entre deux voitures. J'ai alors dû arrêter mon scooter et poser pied à terre. Un pied, un seul, le gauche selon mon habitude. L'espace était si étroit qu'il eût été bien difficile de faire autrement. Malheureusement pour moi, dans l'aboiement exaspéré des avertisseurs, ululement désespéré pour les uns, cri de colère et de haine pour les autres au cœur de ce monde où les chauffeurs hésitent entre la tentation d'emballer leur moteur pour aller percuter avec le plus de force possible leur voisin et celle d'abandonner sur la chaussée leur véhicule à qui voudra bien s'en emparer, je me suis trouvé coincé entre deux voitures. Leurs conducteurs étaient acharnés à gagner le moindre centimètre de terrain, comme si leur survie en dépendait, comme si passer juste avant l'autre cette fois-là devait leur assurer une libération plus rapide de cet enfer de métal, de hurlements et de gaz d'échappement. Le véhicule qui nous précédait s'est avancé de quelques centimètres. Le chauffeur de gauche, prenant par surprise son adversaire un moment distrait, a vivement suivi le mouvement en tournant ses roues à droite. Peut-être à ce moment a-t-il intérieurement jubilé... Peut-être son épouse ou son amie l'a-t-elle regardé avec l'admiration triomphante que l'on réserve au grand mâle qui vient de saigner à mort celui qui lui disputait la direction de la meute... Peut-être, au contraire, s'est-elle irritée d'une réaction qu'elle a jugée puérile. Je n'ai pas eu l'occasion de jeter un coup d'œil sur le couple pour déterminer si l'atmosphère à l'intérieur de la voiture était faite de complicité amoureuse ou d'exaspération réciproque... Parvenant au bout de sa course minuscule, la lourde berline a escaladé mon pied qui avait le tort d'être situé sur son nouvel itinéraire et elle n'en est pas redescendue. J'ai senti le craquement des os et des cartilages. Peut-être même ai-je eu l'impression de l'entendre, bien que ce fût très peu vraisemblable au milieu du vacarme. Les os sont relativement discrets. Seuls les plus gros, les plus lourds émettent un bruit significatif quand ils se brisent. Mais à l'intérieur du pied, les os, les chairs et les ligaments ont instantanément composé une bouillie sans gêner personne d'autre que le possesseur de ce membre déjà inférieur mais de surcroît devenu informe. La douleur, elle, en revanche, a amené le propriétaire du pied à pousser des cris qui eussent été très perturbants en temps ordinaire pour le voisinage. Mais dans la furie de l'encombrement, personne ne saurait porter attention à des sons émis par des êtres humains.

Il me fallut cogner à coups de poing les vitres de l'auto pour attirer l'attention ennuyée du glorieux pilote. Après quelques mots d'un réconfort contrarié, celui-ci m'informa qu'il n'avait sur lui aucun papier d'identité et, à la faveur d'une percée dans l'embouteillage, en profita pour s'éclipser. Le flot automobile n'était, bien sûr, pas très rapide mais mon pied écrabouillé et endolori se fût montré très réticent à entamer une poursuite. Un passant eut l'amabilité de prévenir ma femme qui m'emmena à Cochin où j'eus ma première expérience des urgences.

***

J'ai donc bien été amené aux urgences. Je suis sous l'auvent des admissions. Blessé peut-être. Immobilisé certainement. Une forme blanche se penche vers moi. Je suis incapable de dire si cette forme humaine est surmontée de cheveux blancs, bruns ou blonds, de discerner s'il s'agit d'une femme ou d'un homme. Je ne peux absolument pas bouger mais je constate que je peux parler quand je m'entends articuler assez nettement : « Appelez le 01 45..., je dis bien le 01 45... » Mon interpellation laisse interdite la forme blanche. Tant pis ! J'ai accompli ma mission. J'ai acquis le droit de replonger dans l'inconscience.

## Récit de Geneviève, le 2 mars

Comment raconter cette journée ? Et par où commencer ? Tout s'est passé comme si, depuis ce matin, deux personnes en moi avaient vécu de façon bien différente les événements. Je suis celle qui, à neuf heures moins dix, est tombée assise sur sa chaise, tremblant de tous ses membres. Je suis celle qui a senti la vie se retirer de son corps au moment où la surveillante des urgences de la Pitié-Salpêtrière l'a appelée au téléphone pour lui annoncer : « Madame, votre mari vient d'être amené chez nous par le SAMU. Il a été victime d'un accident de la circulation. Pour l'instant, tout ce que je peux vous dire, c'est qu'il a une fracture du fémur. On l'envoie faire des radios. Rappelez-nous au pavillon Gaston-Cordier vers onze heures. » Cette Geneviève-là a cru que son corps se vidait de son sang, qu'elle était privée de toute force vitale. On dit qu'on a l'impression, dans ce genre de situation, que le monde s'écroule. Ce n'est pas tout à fait ce que j'ai ressenti. Ce n'était pas le monde qui s'écroulait autour de moi, c'était moi qui m'écroulais au milieu du monde. Et puis, à côté, pas exactement à côté mais dans la même enveloppe de la même personne, il y avait une autre moi-même. Celle-là a soigneusement noté tous les numéros de téléphone utiles. Et elle a peut-être dû paraître très froide à l'infirmière qui lui annonçait cette nouvelle. Une nouvelle qui n'en était pas une puisque je ne savais rien à ce moment du degré de gravité de cet accident. C'était la femme qui, plus tôt dans la matinée, s'était affairée pendant plus d'une demi-heure au téléphone pour tenter de savoir ce qui avait bien pu arriver à son mari. C'était elle qui avait appelé un commissariat placé à proximité du trajet habituellement suivi par Dominique. C'était encore elle qui avait réussi à ne pas raccrocher quand le policier lui avait déclaré d'un ton ennuyé : « Oui, nous avons bien été appelés pour un accident de la voie publique... Oui, il s'agissait bien d'un scooter... Non, je ne peux rien vous dire de plus, je n'ai pas le droit de vous dire le nom de l'accidenté... Non, je n'ai pas le droit de vous confirmer le nom que vous me donnez, ni de l'infirmer d'ailleurs. » En conservant son calme, malgré l'indifférente cruauté du propos, elle était parvenue à faire ajouter au fonctionnaire : « Rappelez le lieutenant X dans une dizaine de minutes. » La même, toujours, ne s'était pas énervée quand le lieutenant X lui avait indiqué qu'elle devait en fait prendre contact avec le Commissariat central des accidents, rue Vauquelin dans le 5e arrondissement. Elle n'avait pas jugé utile de demander pourquoi il avait fallu parler à un gradé pour obtenir l'information hautement confidentielle selon laquelle c'était ce commissariat central qui, seul, pouvait éventuellement donner des informations sur l'accident. C'était cette même femme qui était en train de composer le numéro fourni par l'autorité policière quand la surveillante l'avait sonnée, assommée. Cette femme qui avait pris soin, le matin, de ne pas faire part à leur fille, Camille, des inquiétudes qui l'avaient envahie quand des camarades de travail de son mari, inquiets de ne pas l'avoir encore vu, l'avaient appelée pour lui demander si Dominique s'était réveillé à temps pour sa chronique radiophonique.

À l'instant, je ne sais plus qui je suis. Il y a une Geneviève qui a tenu bon face au déluge de nouvelles, une Geneviève qui, ayant entendu les informations qu'on lui communiquait, a mis en œuvre l'intégralité de ses capacités de décision pour accomplir les formalités indispensables le plus rapidement possible, qui n'a pas cédé à l'affolement, qui est restée debout. Il y en a une autre qui a écouté à onze heures le médecin anesthésiste avec qui on l'avait mise en contact par téléphone énumérer la liste des traumatismes, des fractures, des déchirures hémorragiques et conclure : « Le pronostic vital est très réservé. » Cette autre Geneviève entend aussi ce qu'on lui dit mais a l'impression de se trouver dans un brouillard très dense. Elle chancelle. Peut-être subit-elle une forte poussée de fièvre. Elle vacille. Elle tomberait si la première ne la retenait aussitôt. Celle-ci prend le relais à temps pour demander si elle peut se rendre au chevet de Dominique, le voir, obtenir plus d'informations à cette occasion. Elle se renseigne afin de pouvoir, quand elle se présentera à l'hôpital, s'adresser au bon endroit, « au sous-sol du pavillon, au service du réveil ». Elle appelle ses filles aînées,

Marie-Laure et Armelle, car elle sait bien que l'autre elle-même risque à ce moment de s'écrouler.

Peut-être cela a-t-il été une force que de ressentir avec une telle intensité ma douleur et de parvenir à maîtriser mes capacités du fond de ce puits où elle m'a plongée. Le choc a été terrible mais il ne m'a pas détruite.

Je suis la Mère, je suis la Terre. Comme d'autres, je suis la Femme. Je suis le point d'ancrage de la famille.

C'est ma raison de vivre que de faire survivre ceux que j'aime. C'est pourquoi, en fin de compte, je peux affirmer maintenant que je ne m'effondrerai pas aussi longtemps que l'on aura besoin de moi.

## Récit de Marie-Laure

Dans la matinée, maman avait appelé Serge à la boutique. Elle avait seulement indiqué que tu avais une fracture du fémur, une fracture importante bien sûr, mais je ne m'étais pas trop inquiétée. Des fractures, nous connaissons cela tous les jours avec les coursiers qui viennent faire réparer leur scooter chez nous. J'étais rentrée à la maison. Et je m'étais préparé une salade. J'avais dû en manger trois bouchées quand le téléphone a sonné. C'était beaucoup plus grave qu'on ne l'avait d'abord pensé. Je me suis précipitée chez vous. Et c'est moi qui ai pris le volant parce que maman n'aurait pas pu conduire. On est arrivées à l'hosto un peu après treize heures. On ne savait pas bien où aller. On nous a indiqué le bâtiment où se trouvent les urgences. À l'accueil, on nous a dit de nous diriger vers le sous-sol. Mais là, il n'y a rien. Un espace à peu près carré. Une ou deux chaises. Une porte et une sonnette. Et des gens qui, tous, font une tête désespérée. On a poireauté là pendant des heures. Armelle nous avait rejointes juste au moment où je garais la voiture à l'hôpital. Elle a attendu avec nous. Debout. Moi, je me suis assise par terre. Je savais depuis la veille que j'étais enceinte mais je ne l'avais encore dit à personne.

Et puis enfin un médecin est sorti. Il nous a parlé. Pour nous dire que ton état était très grave, que rien n'était joué, que les autres et lui-même ne pouvaient rien garantir tant les blessures étaient nombreuses. Il leur fallait tout d'abord déterminer l'ordre dans lequel ils allaient les opérer. Il était mal, ce médecin. En nous parlant, il se grattait les bras. Et j'ai cru qu'il allait s'arracher la peau avec ses ongles. Alors on est rentrées à la maison. Et avec Armelle, on a attendu qu'ils nous appellent pour nous dire ce qu'il en était de l'opération.

## Récit de Geneviève

Avec Armelle et Marie-Laure, nous nous sommes rendues à l'hôpital en début d'après-midi. Je n'étais pas en état de conduire. C'est l'une de mes filles qui m'a remplacée. J'étais trop plongée dans mes émotions pour prêter attention à la circulation. J'ai vu le docteur L. Je pense qu'il est le médecin anesthésiste avec qui on m'avait mise en contact. Cette fois, il s'est voulu un peu plus rassurant : « Son état est stabilisé, a-t-il dit, on l'opérera tout à l'heure. » Il a précisé aussi que le service était assailli de coups de fil de gens qui voulaient savoir. Pour ne pas perturber le fonctionnement du service infirmier et médical, pour que je puisse aussi contrôler l'information que je voudrai donner, tous les appels ont été renvoyés chez moi. Et puis, j'ai pu entrer quelques secondes dans la salle de réveil pour te voir, Dominique. Tu étais bouffi, gonflé comme un bonhomme Michelin. Tu avais l'air de dormir, non pas de souffrir. Je ne distinguais pas de plaie extérieure, sinon une petite blessure à l'arcade sourcilière qui avait déjà été recousue. Tes mains dépassaient. Elles étaient boudinées comme celles de mon père sur ses vieux jours. Je n'ai pas soulevé le drap qui te couvrait. Je ne me suis pas demandé si je pouvais le faire, si j'en avais l'autorisation... Simplement, je n'y ai pas pensé. J'étais persuadée que tu ne mourrais pas. J'ai ressenti de l'inquiétude mais pas d'angoisse. Tout au long de la journée, j'ai fait ce que je devais faire. Le matin, j'avais procédé aux gestes de la vie quotidienne. J'avais rangé la maison. Pour que le quotidien reste... comme si rien ne s'était produit..., pour que la vie de tous les jours l'emporte sur le mauvais sort.

L'après-midi, je me suis rendue à ce fameux Commissariat central des accidents et puis je suis allée remplir les formalités auprès de la compagnie d'assurances. En début de soirée, quand j'ai été autorisée à te voir à nouveau, j'ai signalé à l'infirmière que tu portais des lentilles. Personne ne s'en était préoccupé jusque-là. C'est elle qui les a enlevées. Ce soir, le téléphone n'a pas cessé de sonner une seconde. J'avais à peine le temps de reposer le combiné que cela recommençait [...].

***

Ce matin samedi j'ai vu le professeur R., qui dirige le service du « réveil ». Il m'a demandé combien de temps à mon avis tout cela allait durer. J'ai répondu six mois, sans m'interroger sur cet étrange dialogue, sans essayer de savoir pourquoi c'était le médecin qui posait cette question. Mais à partir de ce moment, plus personne n'a parlé de pronostic vital. Les médecins défilaient, me parlaient, souvent sans enlever leur masque. Je ne les reconnaissais pas, je savais seulement qu'ils se battaient pour que tu ne restes pas là, Dominique.

Tu dormais, tu étais comme mort. C'était un ballon qui te faisait respirer. Il n'y avait que les machines pour indiquer que tu étais vivant...

# Récit de Camille

Le jour de ton accident, j'étais à l'école. Maman, Armelle et Marie-Laure sont allées te voir quand j'étais en classe. J'étais plutôt soulagée de ne pas avoir à te regarder. J'avais peur de ce qui m'attendait. Quand elles sont retournées à l'hôpital, personne ne m'a proposé d'y aller avec elles, et moi je n'ai rien dit.

Le lendemain matin, j'ai même dit à maman que je ne voulais pas y aller. Mais, dans l'après-midi, c'est mon copain, Ali, qui m'a dit qu'il fallait le faire. Alors, sans rien dire à personne, nous avons pris le métro. Nous avons trouvé le bâtiment. Et puis le chemin du sous-sol. Mais il était tard. On ne voulait pas me laisser entrer. Il paraît que ce n'était pas l'heure des visites. C'est Ali qui a fait le forcing. Lui, il est resté avec les infirmières ; moi, j'ai pu pénétrer dans une grande pièce carrée. Là, il y avait beaucoup de monde, au moins une dizaine de personnes, toutes endormies sur des civières. C'était vraiment sinistre comme une chambre des morts.

Je me suis dirigée vers toi. Tu étais presque en face de la porte. Et je t'ai parlé. À haute voix. Parce que j'étais seule dans cette pièce. L'impression était bizarre. Ça fait un choc d'être là. C'est froid. Ça ressemble à un dortoir mais on n'a pas du tout la sensation d'être dans un dortoir.

Je t'ai dit que tu n'avais pas le droit de mourir. J'ai commencé à pleurer. Et j'ai encore ajouté que tu ne pouvais pas nous laisser toutes seules. Je ne suis restée que deux minutes. Je t'ai dit au revoir. Et puis, je suis partie.

## Récit de Geneviève, dimanche 4 mars

Aujourd'hui, c'était Beyrouth dans le service. Ils n'ont voulu laisser entrer que moi dans la salle de réveil. Nous avons attendu des heures avec Armelle et Marie-Laure dans ce sous-sol. J'ai eu l'impression que l'on amenait sans cesse des morts et des mourants. C'en était un défilé ininterrompu. Je me souviendrai toujours de l'image de ce chef de clinique qui apparaissait périodiquement pour annoncer de terribles nouvelles aux familles présentes. Les bras croisés, il se meurtrissait les chairs de ses ongles tant l'angoisse était forte d'avoir à parler, à affronter ceux qui voulaient savoir. Je crois qu'il aurait infiniment préféré se trouver en salle d'opération. Là, au moins, le geste médical a quelque chose de précis, de scientifique, donc de rassurant. On sent le besoin de sauver des vies. Il est présent à chaque instant. Le chef de clinique ne pouvait que dire et non pas faire, du moins au moment où il s'adressait aux familles. Le docteur L. nous a expliqué qu'ils devaient tous s'épauler. Parfois, certains, certaines parmi les infirmières craquent... Aujourd'hui, j'ai attendu tout ce temps avec mes filles pour te voir une seconde.

# Vision nº 1
# Ailleurs

Il est bien difficile de pénétrer dans cette salle. On se bouscule à l'entrée. Pourtant, tous les spectateurs sont munis de billets numérotés. Leur siège est donc réservé. À l'embarquement d'un avion, c'est la même chose. C'est à qui parviendra à se faufiler pour gagner un rang, et pourtant, en principe, il n'est pas question de s'approprier la place d'un autre voyageur. Ici non plus. À New York, personne ne songerait à se livrer à ce genre de fraude. Celle-ci est impossible. Le malotru serait rapidement identifié. Tout le public se lèverait pour lui faire honte. Cette agitation est donc déconcertante. Je ne sais comment, en outre, parviennent jusqu'à l'intérieur de cette enceinte les bruits de la rue. Les bruits, je ne suis pas certain que le mot soit approprié. Il s'agit d'une agitation sonore, trépidante, comme si le désordre habituel le soir dans cette partie de Manhattan avait enflé hors des proportions habituelles. Et puis, surtout, on pourrait s'attendre à des concerts de klaxons, des vrombissements de moteurs, quand ce sont plutôt des cris, plus précisément encore des interjections, ce qui ressemblerait à des ordres brefs que l'on croit discerner. Et cela se produit dans une grande agitation, une sorte de trépidation, telle celle que l'on ressent dans certains immeubles sous lesquels circule le métro au moment où une rame passe.

Le siège que l'ouvreuse m'indique n'est pas loin de la scène. Celle-ci est déjà éclairée, mais ne me demandez pas ce qu'on peut y voir. Pour l'instant, puisque le spectacle n'est pas encore commencé, je m'en désintéresse. Je crois avoir repéré, dans le public, mon frère, Christian, et ma cousine, Claire. Il est des moments où j'ai l'impression qu'ils sont l'un ou l'autre tout près de moi, mais je ne parviens pas à les identifier. Il est vrai que la configuration de la salle ne facilite pas ce genre de recherche. Elle ne ressemble à aucune autre que j'aie eu l'occasion de fréquenter à Broadway. Sa pente est inclinée, ce qui doit fournir d'excellentes conditions pour suivre le spectacle sans être gêné par le spectateur qui occupe le rang situé devant vous. Au-dessous, il n'y a que des crânes noyés dans le noir. Au-dessus, c'est à peine si l'on peut discerner les visages au-delà du troisième rang supérieur.

Mais que peut-il bien m'arriver ? À peine ai-je eu le temps de détourner le regard que la pente au long de laquelle la salle s'incline s'est aiguisée... Elle est abrupte. On pourrait tomber. Les spectateurs qui ont pris place ne l'ont peut-être pas noté, mais le trafic s'est arrêté dans les allées, ces vallées, creusées entre les sièges. Nous voilà suspendus presque à la verticale. La lumière, jusque-là veloutée, se fait violente, éblouissante. Comme celle du soleil, elle est jaune et blanc. Et je m'interroge. Comment ai-je pu me tromper aussi grossièrement ? Rien n'est plus de ce que j'avais vu et ressenti. Un souffle de vent vient me caresser le visage. Il est tiède et doux. Avec lui, il apporte quelques effluves salés. Ce ne sont pas les senteurs lourdes d'une salle de spectacle. Se pourrait-il donc que je me sois, du tout au tout, égaré ? Nous serions donc tous à l'air libre ? Tout à l'heure, en pénétrant dans cet espace que je supposais intérieur, je n'ai pas levé les yeux vers le plafond. Ou vers le ciel ?

Nul autre autour de moi n'a constaté l'étrangeté de la situation. Claire et Christian ne sont pas loin. Je le sens, je les vois. Mais rien ne les a troublés. Geneviève est à mes côtés, mais sa présence ne fait que clignoter. Par moments, elle est si proche et si dense qu'il me semble même apercevoir son visage. Et l'instant d'après, pourtant, sa silhouette s'efface dans le public. Elle me laisse seul dans cette assistance concentrée et agitée tout à la fois. J'ai dit concentrée, mais sur quel objet s'arrête-t-elle donc ? Il n'y a rien qui appelle le regard. Bien sûr, tout a changé autour de nous. Le jour s'est levé. Du gouffre auquel nous faisons face monte le son du ressac. Le remue-ménage de la rue, le couinement rageur des avertisseurs, le fracas raisonné des tramways, le choc des tôles écrasées, le mugissement de colère de la foule des piétons bousculés, tout cela a disparu, emporté par un souffle nouveau. Et celui-ci transporte, venus des profondeurs, des cris marins. Serait-ce donc celui de goélands planant dans le vent à proximité des falaises ? Car cela ne fait plus de doute, en bas, c'est la mer, peut-être l'océan, qui vient battre les hauts murs du continent. Il faut que ce soit le Pacifique qui nous amène ces oiseaux. Pourquoi me suis-je laisser aller à évoquer New York tout à l'heure ?... Nous sommes en Californie, bien sûr, où des vagues géantes se fracassent sur la côte puissante. C'est peut-être ce jeu, ce combat sans fin, qui laisse maintenant les spectateurs muets et stupéfaits. À moins qu'encore une fois je ne me trompe et que, bien loin de regarder un spectacle, nous n'en soyons les acteurs. Le soleil s'est concentré sur nous ainsi que le ferait un projecteur. À ce moment, qui peut dire où se trouve la scène et si le public ne joue pas un rôle ? La scène est noire, s'il faut en croire ce que je vois, et nous, nous sommes éclairés. Nous sommes là pourtant, c'est certain, pour regarder et non pour être contemplés. Mais aussi, nous sommes des acteurs, des acteurs de notre vie. Se pourrait-il que Hollywood tout proche s'intéressât à nous au point de fouiller notre passé et nos activités ? Il est vrai que nous ne sommes pas ensemble une foule collective mais une réunion de petits groupes, d'amis, de connaissances... Ne serions-nous pas au fond de bons sujets pour une série télévisée ? Ce serait à coup sûr plus passionnant que de visiter le mur d'obscurité qui s'étend au-dessus des flots et que certains d'entre nous fixent obstinément. Devant ce mur, pourtant, si l'on regarde intensément, on peut voir se dessiner des images transparentes qui s'enroulent sur elles-mêmes comme le font les draps de lumière suspendus au-dessus de la terre le temps d'une aurore boréale. S'agit-il là de la nouvelle technique cinématographique que nul ne pourra utiliser chez lui puisque l'écran n'est autre que le ciel ? Si tel est le cas, les géants de la distribution des images animées n'entretiendront plus l'angoisse de voir leurs salles se fermer puisque le spectacle qu'ils donneront à contempler ne pourra être produit que sur les surfaces immenses de l'espace.

Tout cela est affreusement compliqué. Qui sera jamais en mesure de m'expliquer ce que je fais là ? Qu'il s'agisse de New York ou des rivages de la Californie, je n'ai pas d'emploi dans ces sites. Nul rôle ne m'y a été attribué. Je ne suis pas au milieu des miens dans cette foule américaine. Ma présence dans ces lieux est certainement une erreur. Je n'appartiens pas au scénario qui se déroule ici. La production s'est trompée.

Et quand bien même elle n'aurait pas commis de faute, je me refuse à me laisser embrigader dans une entreprise à laquelle je ne comprends rien. Pourtant, on ne veut pas me lâcher. J'ai été collé sous les projecteurs malgré moi. Voudrais-je m'en aller que je ne le pourrais pas. Des voix étouffées manipulent des instruments métalliques et décident peut-être de mon sort. Il est bien douloureux d'être victime de ce genre de malentendu. Je suis perdu et j'en souffre. J'ai peur.

# Récit d'L.

Cela faisait bien longtemps que nous ne nous étions plus revus. Vingt ans peut-être. Nous nous étions séparés dans la peine, les pleurs pour l'un, la résignation pour l'autre. Toutes les ruptures, je le crains, se ressemblent. Tu étais le seul homme pour qui j'avais écrit un poème. Notre dernière rencontre au début des années 1980 avait été fortuite. Nous avions su alors maîtriser nos sentiments et ne pas nous laisser aller à la passion que nous avions vécue au milieu des années 1960. C'est avec toi qu'adolescente j'avais découvert l'amour et la sensualité. Celle-ci jetait nos corps l'un contre l'autre. Et comme nous ne disposions pas toujours de la chambre d'un ami, il nous arrivait de nous unir à l'abri précaire d'une voiture la nuit en ville ou dans les bois avoisinant Paris quand c'était le jour. Je suis tombée enceinte, tu aurais voulu garder l'enfant mais je ne t'ai pas laissé le choix. C'eût été pure folie à notre âge. Et puis, je savais bien que mes parents ne voulaient pas de toi. Je leur ai obéi. Nous nous sommes séparés une première fois. Avant de nous retrouver et de nous quitter à nouveau.

## *Un aller-retour*

Quand, par la radio, j'ai appris ton accident, j'ai senti, de nouveau, comme lorsque nous étions étudiants, dans mon cœur, résonner cet appel : « Dominique va mal... Il faut que j'y aille... » Je ne sais plus quelle raison j'ai invoquée pour obtenir l'autorisation d'arriver jusqu'à toi dans ce lugubre sous-sol. On ne m'a pas laissée t'approcher. J'ai été tenue à la lisière de la salle, trop loin pour voir ton visage. Mais le médecin m'a promis que, si tu survivais à ces premiers jours, je pourrais plus tard venir te visiter.

## Propos du docteur L.

Pendant les premiers jours, vous étiez entre la vie et la mort. Vous aviez perdu beaucoup de sang. On vous en avait transfusé sept litres. C'est-à-dire plus que l'organisme n'en contient. Cela signifie que, d'opération en opération, pendant les quarante-huit heures qui ont suivi votre arrivée vous n'avez cessé de saigner. Au bout de ces deux jours, votre sang avait été entièrement renouvelé. Il y avait des blessures que nous avions identifiées au cours des premières heures et qui, aussi graves fussent-elles, pouvaient être « réparées[1] ». Les plus dangereuses provoquaient ces hémorragies internes, une déchirure de l'intestin au niveau du mésentère, des plaies au sigmoïde, au foie, à la rate. Rien de tout cela n'était visible de l'extérieur. Un passant aurait pu vous prendre pour un ivrogne cuvant son vin sur la chaussée. On a rapiécé d'urgence, en le

1. Cela n'est pas le langage exact au mot près du docteur L. Il ne s'agit pas dans ces « propos du docteur L. » d'une retranscription du vocabulaire mais de son adaptation en termes simplifiés ou imagés qui peuvent être plus facilement reçus par l'auteur et ceux de ses lecteurs qui ne sont pas experts en terminologie médicale.

raccourcissant, votre intestin. On a également suturé les plaies du sigmoïde, puis celles du foie. On vous a enlevé la rate. Après quoi on est passé à la fracture du fémur, parce que celui-ci menaçait l'artère qui porte son nom. Cette opération-là a eu lieu le lendemain de l'accident. Vos côtes fêlées et votre fracture du péroné ne nécessitaient pas d'intervention chirurgicale. En revanche, il fallait fixer le col du fémur par une plaque métallique et des vis. Et puis, deux jours plus tard, tenter de remettre d'aplomb votre bassin qui avait été fracturé. Cela a été réalisé à l'aide de deux vis de bonne taille. On aurait pu, pour vous, dévaliser une quincaillerie si elle avait eu ces accessoires dans le matériau adéquat. Ce qui n'est pas le cas, rassurez-vous ! Nous nous fournissons dans les bonnes maisons. Ce jour-là, le 5 mars, nous vous avons accueilli dans le service de réanimation. Nous vous avons laissé sortir quelques heures pour que nos confrères du service orthopédique vous enlèvent le ménisque du genou gauche et reconstituent l'articulation dont les ligaments avaient été arrachés. Votre aorte était déchirée au niveau de la crosse, peu après la sortie du cœur, mais comme le bon Dieu fait bien les choses, l'une des couches qui constituent cette artère avait résisté. Nous avons donc décidé, quand je dis nous, c'est le chef du service de chirurgie cardiaque, nous avons donc décidé de reporter à plus tard cette opération.

Dans certains cas, même nos collègues les plus expérimentés peuvent s'y tromper.

La médecine n'est une science qu'à condition de disposer au même instant de tous les instruments qui nous permettent d'évaluer l'état des fonctions vitales. Et encore, si nous ne surveillons pas en permanence l'état du malade ou de l'accidenté, nous pouvons innocemment commettre une toute petite erreur qui, dans ces conditions, sera fatale.

Vous aviez plusieurs bonnes raisons de mourir en quelques heures ; votre rate avait éclaté sous le choc et votre intestin avait été déchiré. Mais cela n'était apparent ni à l'œil nu, ni par une simple auscultation médicale. Les ambulances du SAMU ne sont que médiocrement équipées pour détecter ce genre d'ennui. À votre arrivée ici, les premières échographies nous ont certes montré que ces deux organes étaient atteints mais, dans un premier temps, l'hémorragie paraissait assez bénigne. Nous avons été un moment inquiets de la déchirure de l'aorte. Nous savions qu'il faudrait opérer. Mais nous avons vite compris qu'on pouvait attendre. En revanche, dès le début de l'après-midi, l'alerte a été donnée parce que les hémorragies internes avaient pris une très mauvaise tournure.

Ce qui était donc visible pour tout le monde une fois vos vêtements lacérés, c'était un morceau d'os qui déchirait la chair de votre cuisse gauche, une fracture ouverte du fémur. Le médecin réanimateur pouvait diagnostiquer sans trop de peine plusieurs autres fractures. On discernait chez vous également les ravages causés dans vos poumons par la violence de l'accident, on pouvait soupçonner une contusion cérébrale et s'inquiéter de l'état de vos reins. Il n'était pas difficile de constater, peu de temps après votre arrivée, que vous étiez en état de choc. Cette menace-là resterait suspendue sur votre vie pendant plusieurs jours, mais celle qui allait peut-être vous emporter dans les heures suivantes avait été sur le moment presque impossible à identifier.

Ce qui pourtant nous inquiétait le plus était l'existence de traumatismes dont nous ne pouvions pas prévoir les conséquences. Les images scanner de votre cerveau n'étaient pas normales. Nous avions noté une hyperdensité au niveau du lobe frontal. Nos instruments d'investigation ne sont pas assez fins pour savoir quelles seront les conséquences d'un tel état de choses. Un petit vaisseau qui éclate à l'intérieur de la matière cérébrale peut provoquer des dommages terribles. Et cela, nous ne le voyons pas toujours. Le traumatisme, lui, est assez simple à expliquer et très facile à comprendre. À l'instant de la collision, le cerveau, en suspension dans une masse liquide, est projeté contre l'intérieur de la boîte crânienne. Ce sont les conséquences de cette compression qui sont très délicates à évaluer. De surcroît, vous étiez en état de choc. Dans ce cas, le cœur s'emballe, les vaisseaux se dilatent et se mettent à fuir. C'est ce qu'a remarqué votre femme quand elle a noté que votre visage et vos mains étaient enflés, que vous aviez l'air d'un « bonhomme Michelin ». À ce moment-là, nous ne savons pas si tous les organes sont irrigués convenablement. Nous ignorons si la circulation va être en mesure de fournir assez d'oxygène à tous les tissus. Et même, si tel est le cas, nous ignorons si le cœur sera capable de poursuivre son travail jusqu'à ce que l'état de choc s'atténue puis disparaisse.

Vous êtes resté quatre jours au « service du réveil », transporté de bloc opératoire en bloc opératoire, revenant entre chaque intervention reprendre une place dans la salle où votre femme vous a vu les toutes premières fois où elle vous a visité à l'hôpital. Nous autres, du service de réanimation, « nous y faisons chaque jour notre marché ». C'est-à-dire que nous descendons au sous-sol pour déterminer les patients que nous accueillerons quand ils en auront terminé de la première phase d'opérations. Certains d'entre eux restent trois, quatre jours au « réveil » comme cela fut votre cas. Curieuse appellation que celle de « réveil ». On voit bien quelle est son origine. C'est là où l'on surveille ceux qui ont été opérés jusqu'à ce que cessent les effets de l'anesthésie ou que l'anesthésiste-réanimateur qui les a en charge décide que leur état leur permet de « sortir » dans un service quand ils reviennent à la conscience. C'est le décor de cette chambre qu'ils découvriront quand ils retrouveront réellement tous leurs esprits. Beaucoup d'entre eux ignoreront même qu'ils sont passés par le « réveil ». C'est pourquoi l'emploi du mot est un peu curieux. Ceux qui seront reçus chez nous au service de réanimation ne reviendront à la vie qu'à leur sortie du coma ou après l'arrêt de leur « sédation ». Enfin, certains des opérés ne se réveilleront jamais. Ceux-là mourront au « réveil » peu de temps après l'intervention chirurgicale. Aussi le terme de « réveil » n'est-il pas entièrement approprié. Pourtant, nous le conservons. Peut-être est-ce faute d'en avoir trouvé un autre. Peut-être aussi parce que ce mot présage le retour de la conscience, donc de la vie. Peut-être enfin celui qui dort a-t-il dans ce service la meilleure part. Les conditions dans lesquelles le personnel doit effectuer son travail sont terriblement éprouvantes. Pour le médecin, c'est facile à comprendre. Chaque blessé qui meurt est pour lui un espoir qui s'éteint. Il en va de même pour les infirmiers et les infirmières. Mais aussi pour les aides-soignants. On ne passe pas impunément jour après jour la serpillière entre des êtres humains muets, immobiles sur leur lit, posés là pour un temps inconnu. Pour nombre d'entre eux, nul ne sait ce que sera leur sort. Eux-mêmes ignorent, bien sûr, s'ils vont ou non mourir. Là où ils sont, dans leur monde à part, peut-être ne s'en soucient-ils pas. Quand on est aux lisières de la vie et de la mort, l'une et l'autre sont si proches que le côté où l'on va basculer compte moins qu'en d'autres temps. Pour nous, c'est très différent. Ce que sera l'issue pour ces corps inertes repose entièrement sur nous. Nous avons du moins la tentation de le croire. Par orgueil scientifique ou par une charité pesante, cette idée nous envahit et peu à peu risque de nous écraser. Régulièrement, l'un de ces soignants s'effondre sous le poids de ses pensées (de sa responsabilité ?). Il faut alors l'évacuer de ce service, le laver de ce sentiment.

La plus lourde charge émotionnelle se trouve sur les épaules des infirmiers et infirmières de garde ainsi que des médecins réanimateurs. Il existe une véritable solidarité entre les uns et les autres, une solidarité qui est encouragée mais aussi pratiquement imposée par la dureté des épreuves vécues en commun. En réanimation, nous subissons une pression pratiquement analogue. Est-elle moins lourde ou plus lourde ? Je n'en sais rien. Nous avons le temps de nous attacher aux êtres humains dont nous avons la garde, ou plutôt la « sauvegarde ». Même s'ils ne parlent pas, même s'ils sont dans un coma profond, nous « faisons connaissance » avec eux à force de les fréquenter chaque jour. Mieux ou pis, nous essayons d'en savoir le plus possible sur la personnalité de ceux qui couchent chez nous mais qui sont absents à la vie. Le matin, quand nous faisons monter dans notre service un patient qui vient du réveil, nous essayons d'apprendre qui il est. On demande, s'il est jeune, quelles études il poursuit, ou bien quel est son métier. S'il est un peu plus âgé, on s'enquiert de son statut. Est-il marié ? A-t-il des enfants ? Enfin, nous voulons connaître ce qu'était sa vie avant l'entrée à l'hôpital, voire avant sa maladie. On a envie de savoir à qui on a affaire. Pour nous, c'est très important, cela humanise la relation avec quelqu'un qui ne peut pas s'exprimer. Celui qui est devant nous et qui est absent au monde devient présent à nos yeux, il recouvre une personnalité. En même temps, cela nous aide à l'esquisse d'un diagnostic, parfois d'un pronostic. On ne soignera pas exactement de la même façon, avec les mêmes doses de médication celui qui, avant de sombrer dans le coma, avait une activité très prenante et celui qui était grabataire. L'énergie vitale n'est pas la même parce que le désir de vivre est vraisemblablement différent. Nous devons en tenir compte. Peut-on parler de « désir de vivre » pour celui qui devant nous est immobile, ne répond pas aux sollicitations physiques, qui apparaît totalement et absolument inconscient ? C'est l'un des mystères du coma. Il y en a beaucoup d'autres.

Pourquoi nous avons-vous pris dans le service de réanimation ? Parce que vous ne nous aviez pas laissé de choix. Vous étiez arrivé le 2 mars dans un état de choc et de trouble neurologique. En bas, au réveil, on avait décidé immédiatement de vous « sédater », c'est-à-dire de vous placer selon le jargon professionnel en coma artificiel. Cela permet de mettre les tissus au repos, de les rendre moins exigeants en oxygène. Vu de l'extérieur, le patient ressemble beaucoup à quelqu'un qui aurait été placé sous anesthésie prolongée. Pour vous, c'était d'autant plus indispensable que vous étiez en état de choc. Vous aviez subi des lésions potentiellement mortelles, vous aviez enduré de multiples opérations chirurgicales. Il pouvait être à chaque instant nécessaire de vous ramener au bloc. Vous aviez été immédiatement placé sous ventilation mécanique. Toutes vos fonctions vitales étaient encore instables. Où auriez-vous donc voulu que nous vous envoyions ? Aucun autre service, puisqu'ils sont par définition tous spécialisés, ne peut fournir une assistance de l'ensemble des fonctions vitales comme nous le faisons en réanimation. La chirurgie la plus lourde était en principe terminée. Il n'y avait donc plus aucune raison de vous laisser au « réveil ». Et comme il n'était pas possible de savoir quand vous vous réveilleriez – si vous vous réveilliez –, la décision s'imposait d'elle-même.

De surcroît, en bas[1], les facilités ne sont pas extensives indéfiniment, nous devons garder de la place, le plus de place possible, c'est notre devoir, pour le cas où nous serions alertés par le SAMU nous annonçant qu'il est à la recherche d'un hôpital pour un patient dont la survie nécessite une ou plusieurs opérations immédiates.

1. Au service du réveil. (*N.d.A.*)

## *Un aller-retour*

Vous êtes donc entré chez nous, sédaté, placé en coma artificiel. Puisque le coma est artificiel, en principe tout est simple. Nous avions, ils avaient, en bas, ouvert le robinet médicamenteux pour vous endormir tout à fait. Il nous resterait, quand votre état se serait suffisamment stabilisé, à le refermer pour assister, peu de temps après, à votre retour à la vie.

## Récit d'Armelle

Quand je suis entrée pour la première fois dans ce service de réanimation, j'ai cru quitter le monde des vivants pour pénétrer dans une autre existence. Il y faisait chaud, une chaleur lourde, pesante comme le silence qui régnait derrière les sonneries, les bips, les carillons sinistres, les ululements plaintifs qui émanaient des machines veillant au chevet de ceux que l'on s'efforçait ici de ramener à la vie. C'était un autre monde que celui des vivants, d'où la réalité quotidienne était absente. Nous n'avons vu de toi d'abord qu'un torse ceint de pansements, un visage caché par le masque à oxygène, et puis des tubes qui sortaient de partout, de ta bouche, de ta poitrine, sans doute de ton ventre et de tes jambes pour autant que nous ayons pu en juger. Maman s'est installée à côté de toi, elle t'a touché la main, touché et non serré parce qu'elle ne l'osait pas tant tout en toi semblait fragile. Et puis, elle t'a parlé, comme les médecins l'avaient recommandé. Elle t'a raconté notre vie quotidienne, les tout petits bonheurs, sans trop insister sur le grand malheur. Elle a regardé Marie-Laure et, après une seconde d'hésitation, elle t'a dit :

« Quand tu reviendras parmi nous, tu apprendras une grande nouvelle : Marie-Laure est enceinte. C'est le jour précis de ton accident qu'elle a su avec certitude qu'elle attendait un bébé. Je vais être grand-mère, c'est ce que j'ai toujours voulu. Et puis, pense à la joie que cela peut représenter pour Serge et pour elle. » Alors, nous avons bavardé toutes les trois de cet événement. Je ne me souviens pas de ce que nous en avons dit, mais nous étions heureuses de parler de quelque chose qui était la vie. Tu me connais, je suis sceptique, agnostique, indifférente à Dieu mais pas à la vie. Pardonne-moi cette pensée, mais j'ai trouvé merveilleux que le jour même où l'une avait menacé de s'éteindre, une autre ait manifesté son intention de naître.

## Vision n° 2
## Plus loin...

Au loin, le canon tonne. C'est du moins l'impression que suscite en moi cette étrange atmosphère sonore. Ces grondements pourraient annoncer l'orage mais le ciel est clair. Tout juste est-il parcouru de nuages blancs montés en crème qui, parfois, cachent brièvement le soleil. Ce sont les dernières semaines de la guerre, peut-être les derniers jours. L'armée américaine est remontée le long de la péninsule. Après de durs combats dans le Sud, elle a libéré Rome. Elle s'approche maintenant de notre bourg. Nous résidons dans un gros village qui fut d'abord construit au sommet de la colline mais dont les maisons – les plus nombreuses – s'étagent aujourd'hui au flanc du relief. Les ruelles n'ont pas été conçues pour les voitures automobiles. Le sol est fait de galets ramassés dans le lit d'un torrent voisin. Tous les trois pas, il y a une marche. Est-ce pour éviter que lors des pluies d'orage, l'eau, qui s'écoule à flots tumultueux, n'emporte une partie du chemin ? Est-ce pour rendre la pente moins abrupte et moins pénible aux vieilles gens ? Malgré l'éclatante lumière qui écrase la campagne, les ruelles sont sombres. Ce sont de longs puits d'ombre qui se faufilent entre des maisons de basalte. Je suis assis à l'intérieur de l'une d'elles. J'écris. On frappe à la porte. Ou plutôt, on cogne sur la porte. Ce n'est pas le choc aimable et poli sur l'huis par lequel un visiteur amical s'annonce, demande si l'on voudra bien le laisser entrer. Ce bruit-là est impérieux. C'est un ordre qui ne souffre pas de retard.

L'instant d'après, des policiers revêtus d'un uniforme indéterminé pénètrent dans la pièce et avec eux Geneviève, son père, sa mère et son oncle. Ils brandissent des feuilles que je reconnais pour être ceux de la comptabilité de l'épicerie familiale. Au premier plan, l'un des policiers tempête, tandis que les autres restent en retrait dans la pénombre. J'ai un peu de mal à saisir les accusations qui sont lancées par les intrus. Ces hommes ne sont pas allemands. S'ils l'étaient, je ne comprendrais pas leur langue. Les circonstances voudraient qu'ils soient italiens, parmi les derniers fidèles du « Duce », exaspérés par les défaites, au bord du désespoir, saisis par la rage. Mais je n'en jurerais pas. Même si je m'en souviens mal aujourd'hui, je saisis tous leurs propos et pourtant ma connaissance de l'italien, bien fragmentaire, ne devrait pas beaucoup m'aider face à un tel déluge verbal. Suis-je italien moi-même ou ces hommes sont-ils français ? Mais que feraient des auxiliaires français de la police allemande dans cette campagne transalpine ? Et puis, chacun sait que chez nous ce genre de personnage n'a jamais revêtu d'uniforme autre qu'un long manteau de cuir destiné à frapper l'imagination et à aviver la peur. Ce type de tenue provoque la crainte. Il laisse pressentir que celui qui le porte est un tortionnaire. Si le sang de la victime gicle sur un manteau de cuir, il suffira d'une éponge pour nettoyer le vêtement. Il en irait bien autrement si l'habit était de coton ou de laine, alors les taches s'incrusteraient dans la matière et désigneraient au public le bourreau. Est-ce alors ou maintenant que je me pose ces questions ? Où suis-je quand j'écris ? Quand je couche sur le papier ces visions, il me devient impossible de discerner le passé du présent. Je ne sais plus si ces images qui viennent sous ma plume sont une création du moment ou bien si le rêve que j'ai fait en ce mois de mars 2001 continue de m'habiter et s'il guide mon récit.

Les accusations pleuvent sur la famille de Geneviève. Que font donc ces gens dans ce village perdu alors qu'ils possèdent du bien à la ville ? Pourquoi jouent-ils aux épiciers de montagne alors qu'ils jouissent d'immeubles et de fabriques ? Curieusement les intrus exhibent de l'argenterie, des bijoux, des photos qu'ils ont arrachées je ne sais d'où. C'est la preuve que la famille est riche, crient-ils, qu'elle est déguisée sous ses oripeaux montagnards, en un mot qu'elle est juive et criminelle. Je m'étonne. Dire que je m'étonne est bien insuffisant. Je suis stupéfait. Ainsi ces Dauphinois héritiers d'épiciers de montagne, descendants de colporteurs qui ont franchi la barrière des Alpes, sont juifs ! Ils ont fui la misère qui régnait sur l'autre versant des pentes. Ils ont franchi les cols, du printemps à l'automne, quand la neige ne rendait pas la tâche impossible. Ils sont, en réalité, disent les policiers, des financiers apatrides maquillés en citoyens italiens... Mais, à l'instant, un autre trait m'intrigue :

cette scène se déroule il y a un demi-siècle. Et pourtant, aujourd'hui, le père de Geneviève ressemble trait pour trait à l'homme que j'ai côtoyé il y a peu de temps encore, son oncle aussi, ainsi que le reste de cette tribu. C'est pourtant la guerre, une guerre précisément datée. Un moment particulier de ces années d'horreur que les historiens pourraient situer à quelques jours près. Étrange collision du présent et du passé !

Nous nous trouvons maintenant sur des hauteurs montagneuses. Il ne s'agit pas d'un pic himalayen, ni même d'un haut sommet des Alpes. Oubliez les rochers, la glace et même les névés ! Le ciel s'est un peu couvert mais la température est remarquablement douce. L'air est moins vif qu'à l'habitude en altitude. Nous sommes installés sur une herbe tendre comme un gazon anglais. Certains d'entre nous sont assis, d'autres allongés, un brin d'herbe entre les dents. Nous sommes tout près du ciel, très haut sur la terre. Le site, loin d'être grandiose, est charmant comme le jardin d'un promeneur solitaire. Les saules ne poussent pas en montagne mais la prairie descend en pente douce vers un étang tapissé de cresson sauvage. Des roseaux ornent les bords. Ils ont eu le bon goût de se tenir sagement en cercle le long du rivage sans tenter d'envahir le lac. Rien ne saurait être plus calme, plus paisible. Et pourtant l'angoisse sourd de la terre, saisit les acteurs qui se tournent sur eux-mêmes sans parvenir à trouver une position qui les soulage, qui se recroquevillent lentement comme le ferait un homme qui n'attend plus que la mort. Cette fois encore, je ne suis pas sûr de faire partie du tableau. Il est possible que je n'en sois que le spectateur.

Pourtant je sais bien que tout ce qui va se produire me blessera autant que la famille de Geneviève en sera affectée. La menace à chaque instant plus présente a pénétré mes chairs, elle contracte mes viscères. Comment peut-il se faire qu'un sentiment soit aussi douloureux ? Une grande peur vous immobilise sur place, vide votre cervelle, vous laisse hébété. Le danger s'approche sans que vous puissiez lui faire face, sans que vous soyez capable d'effectuer un geste pour l'éviter. Souvent vous ne tremblez pas, vos muscles sont tendus, presque durs tant ils se contractent pour ne pas bouger, mais vous ne souffrez pas. L'angoisse, elle, au contraire, s'attaque à tout votre être. Elle envahit votre corps, s'en empare entièrement. Vous n'êtes plus capable de séparer l'affliction de l'esprit de celle du corps.

Ce lieu pourrait être paradisiaque. Il ressemble à l'un de ces sites que les randonneurs épuisés rêvent de découvrir après le col qu'ils vont enfin franchir au terme de longues heures de marche quand, torturés par la soif, exténués de trop d'efforts, ils s'imaginent en voyageurs perdus dans un désert de sable, désespérés de ne pas trouver une oasis. Mais, au-delà de l'apparence, il y a ce que nous savons, cette connaissance du lieu si présente, nous ne pouvons le regarder comme le ferait un passant innocent.

Nous sommes emprisonnés, emprisonnés à l'air libre, de la façon la plus plaisante qui soit, mais il nous est impossible de nous échapper. Nous ne le tenterions du reste pas. Plus bas, hors de notre vue, sont les miradors, les fils de fer barbelés, les chiens qui patrouillent tenus en laisse courte par nos gardiens qui leur crient des ordres brefs. Tout cela pourrait être terriblement ordinaire. Ce que nous vivons, tant d'autres l'ont vécu... Ce que nous voyons, tant d'autres l'ont vu... Beaucoup d'autres, hélas, ont souffert le même tourment qui est le nôtre. Mais nul ne pourrait nous convaincre qu'il s'agit là d'une sensation banale. Chacun d'entre nous a pu lire des récits d'horreur, compatir en pensée ou même ressentir dans son cœur les affres de ceux qui attendent, jamais celles-ci ne lui tordront le corps à la manière de ce que nous subissons à cet instant.

Je m'interrogeais il y a un instant, je me demandais si je faisais partie de ce tableau. Maintenant cela ne fait plus de doute. J'ai senti, plus vite et plus intensément que les autres peut-être, s'approcher le danger. C'est moi qui suis le premier pris à partie par les questionneurs. Cette fois, au contraire de ce qui s'est passé au village, ils ne se montrent pas. Ils m'entourent et pourtant je ne les vois pas. Que remettent-ils en cause ? La vie que j'ai menée jusqu'à ce jour ? Et comment peuvent-ils connaître d'aussi précis détails sur ma conduite, sur mes activités. Rien ne leur a échappé de mon existence depuis que je suis né. Qui les assiste ? De quel incroyable fichier disposent-ils ? Tout jusqu'à mes pensées les plus intimes a été mis à leur disposition. Rien ne peut leur être caché puisqu'ils savent déjà tout. Alors, pourquoi m'interrogent-ils ? Ils se prêtent à cet exercice parce que, assurément, c'est pour un homme le plus impitoyable des supplices que de découvrir moment après moment qu'il ne s'appartient plus puisque chacun des événements qu'il a vécus, les plus minces soient-ils, les rêveries les plus secrètes, les jugements les plus cachés, les actions les mieux dissimulées qui avaient échappé à tout le monde au moment de leur accomplissement, tout ce qui constitue son passé, sa personnalité, son caractère, tout ce qu'il croyait posséder en propre est à la disposition non pas de Dieu mais d'exécutants de piètre acabit. Peut-être est-il encore plus humiliant de concevoir que ceux-ci n'occupent qu'un rang inférieur dans une hiérarchie inconnue. Ma personne n'existe plus devant le pouvoir que possède le bourreau de la démembrer, de la disséquer, de l'analyser librement et sans risque d'erreur. Mes réactions sont, pour ceux qui me regardent avec amusement me débattre sous leurs interrogations, prévisibles et prévues jusque dans la moindre de mes hésitations. Ne serais-je alors qu'une chimère, une enveloppe humaine vide de tout être puisque ma liberté n'existe plus, puisque je ne puis produire aucune action qui soit imprévisible pour mes tourmenteurs ?

L'un des parents de Geneviève est dans le même temps questionné. Il ne paraît pas avoir pris conscience du fait qu'il est nu devant les policiers. Ceux-ci s'amusent de son ignorance, en prennent avec lui comme s'ils ne connaissaient pas les réponses qu'il s'apprête à leur fournir, ils l'interpellent sur de futiles sujets, se gaussent de ses réponses attendues. Ils jouent à l'embarrasser sur les détails d'une loi inconnue de tous afin de le prendre en défaut, de faire monter sa colère et de l'amener à divaguer alors même qu'il tente de se disculper. Mais de la bouche de cet homme qui ne fut pas exempt de reproches pendant l'Occupation tombent alors ces mots incroyables pour ceux qui le connaissent :

« En matière de loi, je n'en reconnais qu'une, la loi mosaïque. »

Un grand silence se fait dans l'instant. Les policiers ont disparu de la scène. Une liberté imprévue, invraisemblable, vient de s'exprimer. Elle n'était pas inscrite dans le grand livre dont les questionneurs connaissaient tous les signes et toutes les lignes.

## Propos du docteur L.

Quand quelqu'un arrive chez nous en réanimation, on cherche à définir une stratégie. Sous le contrôle du chef de service, le chef de clinique et un interne s'essayent à prendre en compte toutes les données, à commencer bien sûr par les grandes détresses vitales. Mais aussi, on veut tout savoir, on tente de repérer des souffrances qui auraient pu jusque-là passer inaperçues, s'il ne s'est pas produit de brefs réveils, s'il n'y a pas eu des interruptions de sédation et quel peut être le Glasgow... Le Glasgow est une échelle de cotation expérimentale, un peu arbitraire, qui tente de discerner la « profondeur » du coma... Il se mesure en fonction de manifestations physiques (réponse rapide à un ordre simple, ouverture spontanée des yeux, mouvements des bras ou de la main, réflexes suscités par une douleur provoquée ou absence de réaction à la douleur). Le problème dans votre cas venait du fait que ces signaux étaient contradictoires. Vous avez, dans la même journée, ouvert les yeux, ce qui est en principe l'un des premiers signes de retour à la vie, et puis vous êtes resté peu de temps après sans réaction aucune aux « stimulations douloureuses », ce qui, au contraire, est le signe d'un coma très profond. Dans un premier temps, nous avions choisi de poursuivre la « sédation », c'est-à-dire de continuer à vous maintenir dans ce que nous pensions être un « coma artificiel ».

Poursuivre la sédation est parfois une facilité. Le patient s'adapte plus facilement à la machine qui l'aide à respirer. Les principaux rythmes de la vie que nous enregistrons en permanence ne sont pas troublés par une activité imprévue, des mouvements parfois mal contrôlés. Les soins sont pratiqués sans que risque de s'opérer une résistance. S'il n'y a pas de réaction engendrée par la douleur, les infirmiers, les infirmières et les anesthésistes réanimateurs ne sont pas perturbés dans leur travail et les soins sont dispensés plus facilement. L'angoisse avant la réalisation d'un geste médical, il faut que vous le sachiez, n'est pas seulement celle du malade, elle est également celle du soignant. C'est cette angoisse, communiquée du premier au second, qui est à l'origine de bien des maladresses.

Mais, dans votre cas, rien n'était encore stabilisé. La tension artérielle, le rythme cardiaque, la température, pour parler des données les plus simples, variaient encore de façon importante, d'un jour sur l'autre, pour ne pas dire d'une heure sur l'autre. Vous ne donniez pas le moindre signe de conscience. Et puis, vous aviez subi un traumatisme crânien et les images produites par le scanner pouvaient légitimement donner des inquiétudes. Dans ce genre de situation, la poursuite de la sédation permet de laisser le cerveau au repos. On diminue ainsi la consommation d'oxygène, et donc la pression intracrânienne.

Nous avons donc momentanément décidé en ce sens, nous avons voulu vous maintenir sous ce type de médication pour quelque temps encore. Mais c'est ensuite que peuvent se présenter les difficultés. L'instant délicat, c'est la « sortie du coma ». À ce moment-là, quand nous fermons la pompe à médicaments, nous ne savons pas ce qui va se produire parce que la sédation masque le réel état de conscience. On voit alors certains patients se replier sur eux-mêmes. Il y a des gens profondément blessés, mais aussi stressés, angoissés qui réagissent mal. Ils refusent de sortir.

# Récit de Geneviève

Chaque jour, nous venions te voir. Armelle et Marie-Laure se tenaient à mes côtés dans la salle d'attente qui n'était autre que le palier où s'arrêtent les ascenseurs. Parfois, le plus souvent, nous montions à pied les marches de cet unique étage qui menait jusqu'à toi. Nous avions le sentiment étrange d'être privilégiées dans notre souffrance. Au-dessus du premier étage, les malades et les blessés ne sont pas amenés pour mourir mais pour guérir. Au service de réanimation ne viennent que ceux qui sont entre la vie et la mort, ceux que l'on confie à la médecine pour tenter de les ramener parmi nous, ceux qui ont déjà fait la moitié du chemin pour s'en aller, que l'on espère arrêter dans leur élan, immobiliser dans leur course pour ensuite les attirer doucement dans le monde des vivants. Ceux-là doivent être approchés prudemment. Il ne faut pas, avec eux, commettre la moindre erreur. Ils ne doivent pas prendre peur. Ils sont en équilibre au bord du précipice. Les médecins ont lancé des filins pour les retenir de tomber dans l'abîme, mais du fond du gouffre, un être obscur a projeté un harpon qui s'est fiché dans leur corps et il tire sur la corde qui y est attachée. Chaque fois qu'il imprime une tension, le harpon déchire un peu plus profondément les chairs et la pointe de la flèche approche l'un des organes qui sont nécessaires à leur vie. Les médecins, en pratiquant les opérations destinées à les sauver, sont parvenus à les rattacher à ce monde. Mais les fils qu'ils ont utilisés sont fragiles. Ils peuvent à tout instant se rompre sous l'effet d'une trop brusque tension ou sous le poids de la bête suspendue au harpon dans le creux d'une faille dont on ne peut distinguer le fond. Certains d'entre eux ont déjà chu. Parfois, les médecins ont tiré trop fort pour ramener l'un de ces êtres vers eux et les fils ont cassé. Ou bien la pointe du harpon a arraché, sous la pression, la dernière particule de vie qui empêchait celui-ci ou celle-là de dévaler dans le ravin. D'autres ont eu la chance que le harpon ait été maladroitement lancé du fond des enfers. La barbe ne s'est accrochée à eux que de façon superficielle. Ceux-là reviendront du bord du gouffre avec cette seule cicatrice. Bientôt, ils retourneront à la rencontre de ceux qui se sont succédé à leur chevet, mais ni les uns ni les autres ne sont de véritables passagers du vaisseau « réanimation ». Ils y demeurent trop peu de temps pour s'y trouver chez eux. Restent ceux que la vie et la mort se disputent longuement. Ils subissent l'acharnement de l'une et de l'autre. Si leurs chairs ne sont pas trop tendres ou déjà malades, ils peuvent espérer qu'elles sauront résister au tranchant de la barbe du harpon. Mais cette résistance ne saurait être éternelle. À la longue, le fer de l'arme empoisonne le sang et ce liquide corrompu circule dans tout l'organisme. Alors, le blessé s'affaisse sur lui-même. La mort se répand dans les vaisseaux, pénètre chaque membre et finit par envahir le cerveau. Parfois, les médecins croient ramener à eux celui qu'ils ont cru sauver, mais il ne s'agit plus d'une personne, seulement d'une masse muette et molle, incapable de reconnaître le monde dans lequel elle est revenue.

Et puis, il y a ceux pour lesquels on hésite, on attend, ceux dont on ignore le choix qu'ils feront, ceux dont on ne sait pas si, en raidissant leurs muscles, ils seront capables d'emporter avec eux le harpon ou si, fatigués de lutter, ils laisseront leurs jambes se dérober sous eux, donnant dans ce mouvement prise à un tranchant de l'arme qui jusque-là n'avait pas encore pénétré leur cœur. Ceux-là ont besoin qu'on leur parle. Ils détiennent la clef de leur vie ou de leur mort. Ils attendent qu'on les invite à revenir parmi nous. Il faut les en convaincre.

Certains guettent des ordres, d'autres un geste tendre, une parole d'amour. Si les ordres, un jour hurlés, ne donnent pas le résultat espéré, il faut savoir moduler son approche. D'aucuns ne demandent qu'une chose, être découverts au détour d'un chemin. D'autres se cachent dans les fourrés les plus touffus. Pour ceux-là, il faut avoir la patience d'écarter chaque feuille en sachant que l'on ne verra rien, que l'autre ne se laissera pas attraper, mais qu'il faudra l'apprivoiser comme on le fait d'un animal effrayé, se montrer, sourire affectueusement, cajoler d'une voix tendre pour que, enfin, il se décide à sortir de son refuge. Mais il sera comme le chat ; si le ton de la voix n'est pas sincère, si la tendresse est feinte, si le sourire est forcé, rien ne pourra le convaincre de se rendre, ni de quitter son abri. Il ne faut jamais se décourager. Si la première tentative est infructueuse, on devra la renouveler et s'y reprendre sans cesse... en espérant que le venin de l'arme n'attaque pas les centres nerveux.

Parfois, ces gens se battent seuls, et parfois, seuls, ils peuvent triompher, mais beaucoup d'entre eux ne répondront qu'à un appel espéré.

Nous avions un privilège terrible au milieu de tant de gens angoissés de la plus pure des souffrances. Sans doute, beaucoup de visiteurs allaient-ils auprès d'un blessé ou d'un malade apaiser leur inquiétude. D'autres la nourrir sans cause véritable. Certains encore, je ne veux pas croire qu'ils soient les plus nombreux, remplir leur devoir hebdomadaire. Ceux-là devaient voir venir avec ennui le dimanche, le jour de la semaine où leur tâche quotidienne ne leur fournirait plus l'excuse d'une absence. La majorité, enfin, soulager une solitude, mais nous seuls, les visiteurs du premier, avions le privilège indiscuté d'aller parler avec la mort.

Nous n'avons jamais cru que tu mourrais, Dominique. Mes filles et moi-même avions en nous ancrée la certitude que tu vivrais. Mais il nous était interdit de penser au jour où tu monterais de nouveau les marches de la maison. Quand je dis, quand j'écris « il nous était interdit », comprends-moi bien, il ne s'agissait pas d'un mot d'ordre que nous nous devions de respecter. C'était tout simplement une impossibilité. Et encore, le mot impossibilité peut-il être trompeur. Je préfère celui d'incapacité. Pour nous, tu dormais. Un jour, sans aucun doute, tu sortirais de ce sommeil. Mais ce jour n'était pas prévisible, et du reste il n'était pas prévu des médecins. Peut-être ceux-ci évitaient-ils de l'évoquer pour tenter de nous faire oublier qu'il était passé depuis longtemps. Pendant toute une semaine, nous nous sommes laissé prendre aux pieux mensonges du docteur L. Je me demande encore comment cela fut possible. J'avais signé au lendemain de ton accident un protocole de soins. Le professeur R. m'avait expliqué que tu serais placé sous sédation le temps des opérations, mais que, sitôt celles-ci achevées, on « tournerait le robinet » et que, dès le lendemain, tu te réveillerais. Pendant ta première semaine dans le service de réanimation, tu as dormi paisiblement, si paisiblement que j'en avais oublié les paroles du professeur R.

# Récit d'L.

Il faut d'abord gagner l'étage. Et obtenir l'ouverture de la porte. Pour cela, un nom doit être prononcé dans le téléphone mural. Le mien est inconnu dans ces lieux. Celui du médecin qui m'a accueillie au sous-sol m'a servi de sésame la première fois où je me suis présentée. À cette heure tardive, j'étais le seul visiteur. Guidée par une infirmière, je n'ai parcouru que quelques mètres mais cela fut assez pour que je sois saisie par l'étrangeté du lieu. Afin de parvenir jusqu'à toi, on doit passer devant deux chambres où dorment dans l'une un vieillard et dans l'autre un adolescent. Nul ne sait s'ils se réveilleront un jour. Il n'est pas permis de demander de leurs nouvelles. Je n'ai le droit de m'intéresser qu'à toi.

Pour réussir à t'approcher, j'ai dû surmonter bien des obstacles, écarter bien des barrières, vaincre des préjugés, piétiner le respect des convenances. L'entrée du service où tu reposes est interdite à toute personne qui n'appartient pas au personnel hospitalier. À l'exception des seules familles dont les visites sont autorisés une heure par jour. Tel est le règlement, il n'est violé que très exceptionnellement, m'a-t-on dit. Ou jamais. Si je suis là, le hasard y est pour quelque chose et ma volonté pour tout le reste. Le hasard a voulu que j'écoute la radio le matin de ton accident et que je réussisse à découvrir où tu avais été amené. Ma volonté a forcé les barrages et malmené les usages. Sur le moment, je ne me suis pas même étonnée de ma conduite. J'en ai conçu un sentiment de malaise dans les jours qui ont suivi, mais le docteur L. dit que ma présence peut te faire du bien.

Aujourd'hui, pourtant, il n'est pas plus rassurant qu'hier. Et je souffre de ne pas te voir revenir vers la vie. Tu es posé sur ton lit sans rien dire et sans rien sentir. La radio donne des nouvelles de ton état. À l'en croire, celui-ci s'améliore. Mais moi, je peux te dire qu'à ton chevet on n'en perçoit rien. Le docteur L. n'est pas plus rassurant qu'hier.

# Récit de Geneviève

Nous venions chaque jour un peu avant quatorze heures. Les visites dans ce service ne sont permises que pendant une heure en début d'après-midi et nous ne voulions pas perdre la moindre minute de présence. Quelquefois, nous n'étions autorisées à venir auprès de toi qu'un peu plus tard. Cette attente est étrange. On ne se risque pas à parler. Personne ou presque n'en ressent le besoin. On ne regarde pas les autres, ceux qui attendent aussi de se rendre auprès de leur dormeur. Ce n'est pas par convention, ni à coup sûr par indifférence. Au contraire, nous formions, avec ceux qui restaient parfois plus longtemps, parfois moins longtemps que nous assis sur la chaise de plastique blanc, une sorte de communauté silencieuse. Mais chacun vivait intensément le moment d'attente, si intensément qu'il eût été maladroit et même indécent de rompre ce silence. Essaie d'imaginer la scène suivante et tu en percevras immédiatement tout le ridicule odieux : je me penche vers ma voisine dont je ne sais rien et, pour engager la conversation, je l'interroge : « Et vous, comment va votre comateux ? – Ah, c'est une comateuse, c'est une adolescente ! – Et à part ça, comment va-t-elle ? Cette interruption de scolarité va-t-elle nuire à ses études ? » De temps à autre, il faut savoir que se taire est la seule véritable charité. Sur nos chaises de plastique blanc, en attendant de te voir, nous n'avions plus aucun des soucis de la vie quotidienne. Ce n'est pas affirmer qu'ils aient toujours été absents. Au contraire, il y avait bien des heures de la journée où les formalités à remplir, les besoins de la vie quotidienne m'occupaient l'esprit. Mais, en gagnant ce palier, nous avions pénétré dans un autre univers, celui où la vie et la mort s'unissent, jouent l'une avec l'autre, où le destin nous échappe. Toute conversation était donc futile, mais plusieurs mois après, je garde un souvenir intense de tous ces moments. On venait chercher les parents ou les amis de chaque malade (pourquoi usé-je du mot « malade » ? Peut-être est-ce aujourd'hui pour ne pas replonger dans l'intensité du drame que nous avons vécu...) à tour de rôle, quand celui-ci avait reçu tous les soins du début d'après-midi, quand les médecins avaient opéré leur x-ième tournée de la journée, quand une infirmière ou un externe avait reporté sur le tableau au pied du lit les dernières observations. On les faisait sortir de la chambre avant l'heure quand le médecin jugeait nécessaire d'opérer une observation, de consulter une courbe sans être dérangé.

Quand nous étions enfin introduites auprès de toi, nous nous précipitions vers ton oreille gauche pour crier ton nom comme nous en avions été instruites. Aujourd'hui, rien ne me semble plus ridicule que cette pratique. Tu étais à nos côtés, ou plutôt nous étions aux tiens, et tu étais très loin, c'est vrai. Mais cela devait-il impliquer que nous t'appelions en hurlant comme si tu étais perdu au fond d'une forêt sauvage ? Nous pouvions te toucher. Tu étais nu sous tes draps. Mais aucune d'entre nous n'aurait eu la curiosité de soulever ceux-ci pour observer les pansements qui te ceinturaient jusqu'au milieu du thorax ou pour essayer de deviner, aux renflements des tissus qui t'enserraient le tronc et la jambe gauche, le nombre de cicatrices que nous découvririons plus tard sur ton corps.

Nous te racontions les événements de la journée, nous t'avons appris la grande nouvelle qui allait changer la vie de Marie-Laure, nous te parlions sans nous offusquer de ton silence. Nous ne savions pas avec certitude si ce babillage affectueux atteignait une conscience que nous imaginions souterraine, mais nous ne nous posions pas même la question. Ces conversations avec un dormeur étaient entièrement naturelles. C'eût été de ne pas te parler qui nous eût semblé étrange. Nous avons accueilli des visiteurs qui n'osaient pas franchir le seuil de ta chambre. Ils hésitaient et certains renonçaient parce qu'ils auraient cru, en effectuant ce pas supplémentaire, engager une confrontation avec la mort, confrontation dont ils ne pouvaient supporter la perspective.

Je ne sais pas aujourd'hui encore ce qui a pu nous permettre de toujours penser à toi comme à un être endormi. Ceux qui n'osaient pas entrer, j'allais m'entretenir avec eux dans une petite salle réservée à cet effet ou bien sur le palier où nous restions debout, incapables à ce moment de nous asseoir sur les chaises de plastique blanc.

Régulièrement passaient les chefs de clinique qui

nous invitaient dans leur bureau pour nous tenir informées de l'évolution de ton état. En termes scientifiques, ils disaient tous deux la même chose, mais l'un d'eux, celui qui nous avait accompagnées pendant la première semaine, s'était refusé à souligner qu'il n'était pas normal que tu ne te réveilles pas, tandis que l'autre insistait dès son premier jour de présence à quel point il était inquiétant que ce réveil ne se fût pas encore produit. Quand nous sommes revenues te voir le jour qui suivit cet entretien, la présence des machines criardes et des écrans tumultueux était devenue envahissante. Nous étions à l'affût de signes que nous ne pouvions pas interpréter. Trop de sons, trop de signes, trop de diagrammes illisibles, inquiétants, nous assaillaient. Il nous fallut plusieurs jours pour nous réhabituer à ces signaux dont nous ne savions pas comprendre s'ils annonçaient un lent retour vers nous ou un très long au revoir. Ce que nous savions, c'était que tu ne t'étais pas réveillé comme tu l'aurais dû.

# Vision n° 3
# Voler

L'air est ouaté. L'atmosphère est épaisse. La pénétrer s'effectue sans peine mais nul ne saurait la violenter. On doit éviter de la déchirer en s'y introduisant avec trop de précipitation. Beaucoup, je le sais, pourtant hésitent à s'y risquer. Peut-être craignent-ils d'y perdre la respiration, d'étouffer dans cette moiteur qui ne garantit à coup sûr pas que les poumons y recueillent ce qui leur est nécessaire pour alimenter le corps en souffle de vie. Autour de moi, le paysage n'existe pas tant le brouillard est intense. En d'autres circonstances, ce calme paraîtrait étrange. Le silence est absolu. L'oreille ne prétend pas même guetter le souffle imperceptible de l'alizé. L'esprit n'ose imaginer que puisse naître un vent insolent qui disperserait les voiles qui nous protègent du monde. Mais y a-t-il un monde ? Existe-t-il quoi que ce soit au-delà de ces brumes ? Ne sont-elles pas l'ensemble de l'univers ? Je ne suis pas sûr de me poser toutes ces questions qui me reviennent quand même à l'esprit tant cet environnement de calme et de paix est naturel, bienfaisant. Cependant il est aussi celui de l'inconnu. Il est le royaume de l'ineffable, mais aussi le domaine de toutes les possibilités. Certaines pourraient être dangereuses. Je ne pense pas. J'avance à pas comptés. Je pourrais me trouver dans un nuage, mais un nuage se déplace dans le ciel. Il est mouvant, agité, turbulent. Comment marcherais-je dans un nuage ? Je chuterais sous mon poids à une vitesse sans cesse croissante pour m'écraser enfin dans un champ ou sur l'eau qui aspirerait ensuite mon corps. Ce ne peut donc être un nuage. Et pourtant, sous mes pieds, il n'est pas de sol. Peut-être porté-je de minces sandales, peut-être suis-je pieds nus, mais je ne ressens ni aspérités ni pesanteur. Progresser ne demande aucun effort. Mes jambes se meuvent et je ne perçois pas leur mouvement. Mais serais-je condamné à ne me déplacer qu'à l'horizontale ? Cela serait troublant et désolant à la fois. Je suis vêtu d'une chasuble blanche, blanche comme la brume alentour. Cette chasuble, curieusement, est ouverte dans le dos pour laisser passer mes ailes. Parce que je porte des ailes, des ailes semblables à celles qu'on voit aux anges sur les peintures de la Renaissance ou sur les statues qui, subrepticement, se sont glissées dans les chapelles qui bordent le transept des cathédrales. Ce ne sont pas de petites ailes de séraphin. Ce sont de lourdes ailes et l'on sent, sous les plumes, la chair et les muscles qui vont aider à les mettre en mouvement. Mais ces ailes sont inertes. Je ne saurais jurer qu'elles m'appartiennent, encore moins qu'elles m'obéissent. Je traîne derrière moi cette masse lourde et inutile. Maintenant que je sais leur existence, je peux sentir qu'elles me pèsent. Peut-être sont-ce elles qui me retiennent. Ironie de la situation, je ne peux m'élever car ce sont mes ailes qui m'empêchent de voler. Je m'arrête un instant. Tout autour de moi est impitoyablement immobile et silencieux. Dans ce monde sans couleur et sans bruit, mat et muet, je suis abandonné à moi-même. Ni danger ni salut ne s'annoncent où que ce soit. Rien ne provient de nulle part. Combien de minutes, d'heures ou de jours défilent-ils qui échappent à ce temps figé ? Nul ne le sait et moi moins que tout autre, personne n'y peut rien. Je suis stupéfait de la sottise de cette dernière pensée. Puisque rien ni personne ne saurait se manifester autour de moi, c'est à moi seul qu'il revient de décider de ce que je ferai. Remuer mes ailes est une tâche impossible, je le sais. Le sais-je ou bien l'ai-je décidé ? S'agit-il d'une certitude que j'ai ancrée dans mon esprit ou bien d'une réalité ? Je m'essaye à me mouvoir. D'abord, il m'apparaît que l'ordre envoyé à cette partie de moi-même que je viens de découvrir est sans effet aucun. Je suis à l'instant un paralytique halluciné qui ordonne à ses jambes mortes de le porter. Mais l'absence de réaction ni ne me désespère, ni ne me fait renoncer. D'abord, il me semble m'abuser tant le mouvement est imperceptible. Mais la résistance peu à peu cède. Je ne produis pas des efforts désordonnés. Ma volonté ne s'exerce pas par à-coups. Elle procède de façon continue. Elle s'impose à mes ailes qui, très doucement, se déploient. Et il n'est, dès lors, pas nécessaire de leur dicter quelque rythme que ce soit. Dès l'instant où elles entreprennent de se mouvoir, je commence à m'élever. Le mouvement est lent, si lent que je ne saurais dire si c'est moi qui quitte un sol incertain ou si c'est celui-ci qui s'abaisse sous moi. Cela pourrait être un rêve si je ne le vivais pas en ce moment. Bientôt, je commence à évoluer dans l'air ouaté, doucement comme si je ne voulais pas blesser le monde qui m'entoure. Je flotte dans l'atmosphère. Je monte sans choisir précisément ma voie. Pourtant je ne suis pas soulevé vers les hauteurs comme le serait un aérostier à bord de son engin. Je décide de mon chemin mais j'ignore où celui-ci me mène.

## Récit du docteur L.

J'ai toujours préféré voir la lumière. J'ai refusé de m'inquiéter et d'angoisser les vôtres. Huit jours après l'accident, vous n'aviez toujours pas fait mine de vous réveiller. Or, pour nous, la semaine est un cap important. Quand elle passe sans signe positif, nous savons que les chances s'amenuisent de ramener à nous l'accidenté. Et plus le temps s'écoule, plus les séquelles risquent d'être graves. Ce qui me faisait garder l'espoir et ne pas confier mes craintes aux vôtres, c'est que vous aviez brièvement repris conscience à votre arrivée à l'hôpital. Et puis, un jour...

# Vision n° 4
# Au-delà de Compostelle

Peut-être suis-je encore dans le même monde... Le brouillard est si dense qu'il ne laisse pas apparaître le moindre trait du paysage. À peine puis-je voir le bout de ma main quand j'étends le bras. Il est très hasardeux de se mouvoir dans ces conditions. Cependant, je me suis mis en mouvement. Je sais qu'il me faut avancer. J'ai à accomplir une mission. Mon destin est tracé. Il sera bientôt achevé. Je n'ai plus rien à décider. Je dois seulement suivre le chemin qui m'est indiqué. Je descends lentement vers un lieu inconnu ou m'appelle un impératif secret. Pour m'aider à progresser, la brume se dissipe un peu. Elle se déchire en lambeaux qui flottent doucement devant moi, mais elle ne veut pas se lever tout à fait. Elle s'atténue assez cependant pour dévoiler le sentier qui s'allonge devant mes pas. Celui-ci, je le sais, a été dessiné par ceux qui m'y ont précédé, hantés qu'ils étaient par l'idée d'accomplir la mission qui est la mienne. Les premiers qui sont passés par là ont seulement couché l'herbe qu'ils foulaient. Les sabots des chevaux que menaient ceux qui les ont suivis ont écrasé les graminées. La pierre dure peu à peu a émergé et grignoté la tendre végétation. Aujourd'hui, des cailloux blancs désignent la voie. De très loin parvient un bruit sourd et régulier. Ce pourrait être celui de vagues massives lancées à la conquête de falaises de granit. Rien pourtant n'indique la proximité de l'océan. La mer n'émet-elle pas des effluves particuliers ? Je ne sens rien. Ne faut-il pas que le vent souffle pour que se forme la houle ? Il n'y en a pas. Les oiseaux marins ne crient-ils pas leur ennui là où les eaux rejoignent la terre ? On n'entend nul bruit. Rien que le silence ouaté du brouillard qui étouffe toute sonorité.

Mon pas est lent comme celui d'un vieillard, mais souple comme celui d'un chasseur des plaines. Ma foulée est pesante comme la glaise, mais elle est aussi régulière que celle du paysan qui arpente son champ. Mes bottes sont lacées de cuir. Sous les genoux, les jambes d'une culotte de feutre s'y engagent. J'en ignore la couleur. Et si j'en reconnais la substance, c'est pour l'avoir touchée à l'instant. Une tunique blanche, fendue sur le côté, descend à mi-cuisse et ne laisse voir qu'une petite partie de ce vêtement. Sous l'étoffe, une cotte de mailles me ceint. Elle pèse sur mes épaules et c'est son poids qui me retient à la terre. Sans cet appareil peut-être m'envolerais-je pour rejoindre les anges. Ceux qui m'ont précédé sur le sentier, je le sais, ne portaient pas une autre tenue que la mienne.

À travers la ouate qui ne veut pas se disperser entièrement, je perçois sur ma droite une présence. Je ne la vois pas mais je sens qu'elle progresse à mon pas. Sans nous être entendus, nous avançons dans la même direction. Notre but est le même. Le pas de l'ombre est mesuré comme le mien. Sans doute ne sommes-nous pas très loin de remplir la mission qui nous a été assignée car nos chemins d'ici peu vont se rejoindre. Il n'y a plus entre nous que quelques coudées quand je comprends que l'ombre est deux. Ce sont des personnes humaines et elles sont habillées à ma manière. Ces chevaliers blancs marchent sur un sentier qui, à son terme, nous sera commun. Nous n'avons pas besoin de nous parler pour que je sache qu'ils se rendent comme moi dans la clairière où s'achève notre vie. Il est de notre devoir d'y attendre la fin, comme beaucoup d'autres le firent avant nous. Nombreux encore seront ceux qui nous suivront. C'est le grand bonheur que connaissent les chevaliers blancs de se retrouver dans ce lieu pour mourir. Attendre la délivrance du froid et de la faim au milieu des nôtres, il n'est pas pour nous plus merveilleux accomplissement. De toute l'Europe viennent ici ceux que la foi tenaille. Ils partent des Pouilles latines, des monts de la Bavière germanisée, des rudes alpages des cantons helvétiques, des mystérieuses vallées de Normandie, des noires forêts de Prusse ou des caillouteuses collines de Provence. Ce sont des mendiants hantés par la misère, des clercs illuminés par leurs lectures sacrées, d'arrogants seigneurs humiliés à la guerre, de très simples paysans jetés du fait d'une volonté étrangère sur les sentiers de prière. Je ne sais ce qu'il en est de tous ceux-là. Leur route s'arrête non loin de l'endroit où la nôtre prend fin. Eux vont à Saint-Jacques ressourcer leur foi. Dans la basilique dédiée à l'apôtre, ils trouveront la force dont ils ont besoin pour retourner chez eux. Compostelle n'est guère pour ces pèlerins qu'une étape. Mais pour nous, chevaliers blancs, c'est la chance d'une superbe fin. Nous connaissons le grand bonheur d'y achever notre vie dans le cimetière où les nôtres sont rassemblés. C'est cela qui nous guide. Comment pourrait-il en être autrement ?

Les ombres cheminent maintenant près de moi. L'homme est haut et fier. Sa cotte de mailles crisse à chacun de ses pas. Je ne peux discerner des traits, non pas qu'ils soient masqués mais parce que nul n'y parviendrait. Ils sont noyés dans l'absence ; de l'ombre, ils ne sortiront pas. Son visage est ailleurs et le rythme de sa marche impassible. À ses côtés, la silhouette est plus frêle et le pas plus léger. Aussi, la ligne qui se dessine sur le fond du brouillard est-elle plus souple. Il me semble voir flotter sur ses épaules de longues boucles blondes.

Mon compagnon de dérive me parle pourtant. Sa voix est ferme et calme, mais peu sonore. Il s'adresse à moi, je le comprends et je ne l'entends pas. C'est pourquoi je ne saurais répéter ses paroles. Je n'en retiens que la substance. Il est parti, ils sont partis sa femme et lui pour ce pèlerinage en assez grand équipage. Ils arrivent de la Charente où ils occupent une très robuste habitation de pierre. Autour d'eux étaient rassemblés quelques amis venus des châteaux d'alentour et aussi plusieurs paysans sans terre et sans beaucoup de foi. Le récit est trop long et diffus pour que j'en retienne tous les détours. Ce qu'il en apparaît avec sûreté, c'est que leur groupe a été défait par trahison ou par ruse, que ses amis ont été dévalisés ou tués, qu'eux seuls ont poursuivi le chemin du pèlerinage. Dès le passage en Aquitaine, la faim a commencé à les faire souffrir. Et ils ont eu grand-peine à franchir les montagnes des Pyrénées. Une lourde cotte de mailles fatigue celui qui la porte. Dans le froid, elle gèle les muscles. Dans le chaud, elle brûle la peau. Il ne se plaint pas, il dit ce que furent ces étapes. Il ne croit pas que nous allions vers un but. Il sait qu'il doit mourir dans la clairière, mais ce n'est pas le destin de tous les chevaliers blancs, seulement de ceux qui ne sont pas parvenus impunément au grand nuage qui enveloppe la Ville sainte. Nous, puisque nous sommes dans ce cas, nous n'irons pas jusqu'à la place aux énormes pavages de pierre qui précède la basilique. Nous marcherons droit au cimetière, afin d'y laisser reposer nos ossements au milieu de ceux des nôtres qui ont échoué à quelques lieues du but. Ce que je viens d'entendre me plonge dans un grand désarroi. Je pensais en progressant vers le cimetière avancer sur un chemin d'espérance et c'est celui d'un échec. En allant à la rencontre de la mort, je croyais m'accomplir, remplir une sainte et glorieuse mission, couronner ainsi une vie qui ne fut pas très avantageuse. Mais il me faut revenir à la réalité. Je sais que c'est le chevalier blanc qui dit vrai. Sans doute n'ai-je cherché qu'à m'illusionner. Quel est le péché qui m'a amené à m'engager sur ce sentier ? Je suis incapable de me souvenir d'où je viens. Je ne peux me remémorer les événements qui se sont produits dans les commencements de mon pèlerinage. Ce que je pressens depuis un instant c'est que la visite à la clairière ne me fera connaître aucune extase. Ce que je comprends c'est que là où je voulais voir une action d'éclat, il n'y aura que l'aboutissement de l'échec d'une vie. Je suis parti de chez moi il y a si longtemps que je ne sais plus d'où je viens. Sans doute un jour en cheminant ai-je emprunté la sente qu'il eût mieux valu ignorer. J'ai mal fait. Mais personne alors ne me l'a dit. Et moi, je n'ai pas su qu'il me fallait me détourner de la mauvaise voie. Qu'ont donc fait mes compagnons pour être à mes côtés ? Nulle autre chose, peut-être, que de voler de la nourriture...

Ni remords ni angoisse ne paraissent les tenailler. Seule une immense fatigue ralentit leurs pas. Le mien s'est fait hésitant, maladroit. Je bute parfois sur de minuscules obstacles. Ma jambe gauche peine à soulever mon pied. Celui-ci est incertain. Il appréhende mal le terrain. Tout comme s'il craignait de ne pouvoir avertir de déclivités ou d'obstacles imprévus. Il se pose lourdement et hésite ensuite à déplacer ce qui reste de mon corps. J'ai pourtant marché sans peine à travers les plaines. J'ai trimé sans me plaindre et sans défaillir sous le soleil brûlant. J'ai même couru jusqu'à m'épuiser à travers les taillis sans même maudire les ronces qui déchiraient mes mollets. Jamais, même blessé, je ne me suis laissé aller à traîner la patte. Je croyais accomplir ma vie en répondant à une volonté supérieure, mais je ne faisais que masquer, en l'habillant d'oripeaux de fierté, une démarche insensée.

Cette découverte m'accable. Mon pas s'alourdit encore. Les silhouettes des deux chevaliers commencent à se dissoudre dans la bruine. Il ne se passera pas longtemps avant que leur allure plus rapide ne les dérobe à ma vue. Mais une lueur sourde naît devant eux et illumine doucement chacune des gouttelettes en suspension dans l'air. Cette lumière réchauffe tant le ciel que, peu à peu, la nébulosité se dissipe et nous permet de contempler un spectacle inattendu. Sur un monticule, se dresse, très droite, une femme hiératique. Elle est vêtue de blanc, comme nous le sommes, le capuchon de sa robe retombe sur son front et ni son visage ni ses cheveux ne m'apparaissent. De sa chair, on ne voit rien. C'est pourtant une personne, non pas un spectre. Nous arrêtons notre pas et nous nous tournons vers elle.

« Que faites-vous, mes seigneurs ? demande-t-elle sur un ton doux mais empreint de reproche. Vous vous êtes fourvoyés. Ceci n'est pas la route de Saint-Jacques mais une voie oblique qui ne mène qu'à la fin de votre existence. » Mes compagnons se risquent à expliquer qu'ils vont mourir parce qu'ils n'ont plus de quoi assurer leur présence sur cette terre. « Je suis la reine d'Espagne, dit la forme. Je ne saurais autoriser que de braves chevaliers connaissent ce sort dans mon royaume. Reprenez votre chemin. Vous ne verrez pas cette fois Saint-Jacques mais, à chacune des étapes qui vous ramèneront dans votre fief, demandez le gîte et la nourriture qui vous sont dus. Isabelle la Catholique sait se faire entendre. Jusqu'à la frontière du royaume de mon pays, rien de déplaisant ne saurait contrarier vos intentions. Il vous faudra ensuite parvenir jusque chez vous. Mais je vous assurerai une escorte suffisante pour écarter les importuns. »

La voix de la reine est mélodieuse et ferme. Elle témoigne de sa nature sensible, de son humanité. Elle aurait pu être Marie, vierge et mère, femme et amante de l'univers. On n'engendre pas le fils de Dieu sans arracher au passage un peu de l'amour que dispense le Père. Mais cette femme est vivante.

Elle est une reine et non un spectre. C'est parce qu'elle a subi beaucoup de souffrances qu'elle connaît les nôtres. Comme la Vierge Marie, elle a livré beaucoup de batailles... De certaines, elle est sortie blessée. Devant les hautes murailles d'une ville fortifiée, elle a même agonisé de longs jours avant de se reprendre, de tromper la Camarde et de lui arracher ainsi sa vie. Elle a aimé, elle s'est donnée, elle a été abandonnée. Mais, aujourd'hui, personne n'oserait évoquer devant elle ce moment terrible de sa vie. À oublier, elle a usé son énergie. Mais, à revivre, elle s'est ensuite attelée. Nous sentons bien que la force qu'elle affiche nous est destinée. Aucun de nous trois ne se risquerait à la contrarier. Cette femme porte les armes. Elle est un combattant de la foi, de la vie. Elle est une Jeanne d'Arc plus profondément humaine que la vierge lorraine, car, à la Pucelle d'Orléans, il manque d'avoir subi la pire épreuve que puisse affronter une femme : voir mourir à côté d'elle ses enfants. La forme n'est pas une ombre. La reine est une femme.

Quand la reine en finit de son bref discours, la lumière qui l'entoure faiblit comme une ampoule dont le filament électrique se décompose. Elle s'éteint après avoir donné un ultime éclair. Isabelle la Catholique disparaît dans le noir.

Alors, nous avons fait demi-tour. Nous n'avions pas mangé et pourtant nous étions rassasiés, nous savions que nous n'aurions pas de difficulté à retourner dans nos seigneuries. La reine nous avait changés, nous allions vivre une seconde vie. Ainsi en était-il, du moins le pensai-je, de mes compagnons de voyage. Sans doute, allaient-ils retrouver leur demeure de pierre de Charente et les maisons de leurs paysans alentour. Quant à moi, je savais que je n'avais plus le droit de mourir, que mon devoir était de vivre. Mais le souveraine n'avait pas donné d'instructions me concernant. N'étant pas fieffé, je n'aurais su rentrer chez moi. La route du retour m'était ouverte, mais nul ne m'avait indiqué le chemin que je devais emprunter, ni précisé quelle était ma mission. Les deux chevaliers blancs s'enfoncèrent dans le brouillard en me laissant derrière eux.

## Récit de Geneviève

Aujourd'hui, mais qu'est-ce aujourd'hui ? j'ai marché sous la pluie à travers un taillis de voitures emmêlées, agglomérées par les embarras de la circulation pour atteindre la tour où tu reposes. Y pénétrer est, pour beaucoup, une épreuve. C'est s'introduire dans un antre habité par les esprits de la souffrance et de la mort. Ils croient que les voiles de ces fantômes vont s'attacher à eux et les envelopper. Ils voudraient faire avec leurs bras des moulinets pour les repousser, pour ne pas se laisser contaminer par les fluides lugubres qui émanent des murs et des malades, par les effluves macabres qui exhalent des agonisants. Ceux qui vont guérir, recouvrer la santé n'ont pas encore assez de forces pour disperser autour d'eux les fragrances de la vie. Et ils ne sont eux-mêmes que douleur mêlée de trop peu d'espérance pour pouvoir dissiper les brumes d'angoisse qui s'appesantissent dans le bâtiment.

La réanimation, c'est bien peu de chose. Un grand silence. Le bruit que font les machines ni ne parle ni ne se plaint. Il existe mais ne dit rien. Sauf en cas d'alarme, s'il accélère jusqu'à la frénésie. La réanimation est un sanctuaire, un lieu mystérieux où la vie est suspendue, une sorte de purgatoire où l'on avance à pas feutrés, où l'on croise des blouses aux couleurs différentes, aux significations mystérieuses, des hommes et femmes aux regards absents. C'est un endroit où l'on veut éviter de briser l'intimité que chacun concentre sur son « dormeur ».

J'ai marché entre des pièces vitrées pour arriver jusqu'à toi. Tu reposais dans ce bocal, calme et muet.

Alors, je me suis penchée vers toi. De mes lèvres, j'ai frôlé ton front. Peut-être as-tu frémi parce que j'ai su, à cet instant, que tu nous revenais.

# Conte (suite et fin)

« Cent ans après que la princesse s'était assoupie, le fils du roi qui régnait alors s'en alla à la chasse du côté du château. Il poursuivit un chevreuil jusque dans des taillis qui s'épaissirent tant et tant qu'il dut abandonner sa course. Mais, en faisant demi-tour pour rentrer chez lui, il remarqua de hautes tours qui surgissaient du grand bois. Il s'enquit auprès de charbonniers de ce qu'étaient ces beffrois. La plus commune opinion était qu'un ogre y demeurait. Mais un vieux forestier prit la parole et dit : « Mon prince, il y a plus de cinquante ans que j'ai ouï-dire à mon père qu'il y avait dans ce château une princesse, la plus belle du monde, qu'elle devait y dormir cent ans et qu'elle serait réveillée par la fils d'un roi à qui elle était réservée. » Le jeune prince à ce discours se sentit tout de feu. Et, poussé par l'amour, il se résolut à voir ce qu'il en était. La passion était si brûlante que les fourrés s'écartèrent sur son passage et qu'en peu de temps il arriva au pied des murs du château, ce que nul n'avait accompli depuis un siècle. Mais quand il entra dans l'avant-cour, il lui fallut se reprendre pour ne point céder à la crainte qui le glaça d'abord. Ce n'étaient que corps étendus d'hommes et de femmes qui paraissaient morts. »

Ayant pénétré dans le bâtiment, il traversa encore plusieurs chambres pleines de gentilshommes et de dames dont il ne pouvait juger s'ils étaient décédés ou assoupis. Enfin, il pénétra dans une pièce toute tendue de draperies d'or au milieu de laquelle se trouvait un lit dont les rideaux étaient ouverts de tous côtés et sur lequel reposait la princesse qu'on lui avait dit...

« Sur le lit de la pièce tendue d'or reposait enfin la princesse. Elle paraissait avoir quinze, seize ans, et, dans son sommeil, son teint à l'éclat resplendissant semblait avoir quelque chose de lumineux et de divin. Le prince s'approcha en tremblant, s'agenouilla auprès d'elle et lui baisa la main. Fut-ce l'effet du baiser ou la fin de l'enchantement dont l'heure était venue ? La princesse s'éveilla. Et regardant le jeune homme avec des yeux plus tendres qu'une première rencontre ne paraissait le permettre, elle s'enquit : "Est-ce vous mon prince ? Vous vous êtes bien fait attendre." »

# Récit d'L.

J'écris ces mots sur le palier. La porte du service s'est refermée derrière moi et je sais que je ne serai plus admise à y pénétrer aujourd'hui. L'émotion qui m'a saisie tout à l'heure a été trop vive pour que je puisse rester très longtemps dans ta chambre.

J'avais posé la main sur ton front. Et, tout d'un coup, j'ai senti comme un fluide passer à travers elle. Comme un courant qui venait de ton corps et qui me pénétrait. Alors, j'ai fait une chose incroyable. J'ai pris ta main dans la mienne. Elle était faible et molle. Et je t'ai parlé : « Dominique, t'ai-je dit, reviens-nous, reviens à toi. » J'avais tenté de mettre dans cet appel toute la tendresse que tu m'inspirais. Alors, j'ai vu ton poignet se plier, la paume de ta main se contracter comme si elle voulait saisir la mienne. Je suis certaine que tes doigts ont bougé. Tes yeux se sont entrouverts et tu as tenté de (me) dire quelque chose. Tes lèvres se sont séparées. Un souffle infime s'en est échappé. Tu manifestais ainsi, j'en suis sûre, le désir d'établir un lien avec moi... ou tout au moins, sur le moment, ai-je voulu m'en persuader...

Je t'ai questionné du mieux que j'ai pu, avec la

maladresse que suscite un événement aussi troublant. « Me reconnais-tu ? » ai-je demandé. Cette interrogation n'avait guère de sens tant il y avait longtemps que nous ne nous étions vus. Et je ne sais pourquoi, à ce moment, je me suis regardée comme si j'avais moi-même de la peine à savoir qui j'étais. J'ai aperçu, sous la blouse bleue des visiteurs, un morceau d'étoffe grise, celle de ma robe. Et à mes pieds, mes ballerines, celles que je mets pour travailler. Tu as répondu faiblement, comme à regret : « Non, je ne te connais pas. » Ma gorge s'est nouée sans que je sache quelle était la cause essentielle de cette émotion. Était-ce le fait de t'entendre parler pour la première fois ? Était-ce, au contraire, la réponse négative à la question que je t'avais posée ? Étais-je submergée par la déception ou par le bonheur d'avoir suscité ta parole ? Hors de moi, je n'ai pu m'empêcher de te demander : « M'aimes-tu ? » Et là, tu as dit, sur un ton très déterminé que n'annonçaient ni la réponse précédente ni le silence que tu avais observé jusque-là : « Si tu m'aimes, je t'aime aussi. »

La stupéfaction m'a laissée figée et muette. Toi, tu es reparti dans ton monde, que tu n'avais peut-être pas vraiment quitté, me laissant seule sur le rivage.

Quand je me suis levée, j'ai découvert que le docteur L. m'observait. Il m'a dit que je pourrais revenir quand je le voudrais.

## Vision n° 5
## Entre deux mondes

Dans la foule qui grouille autour de moi, je n'identifie aucune tête connue. La dominante des visages est méditerranéenne et très typée. Ces gens-là viennent ou retournent peut-être de l'autre côté de la mer. Les cheveux sont bruns et très frisés. Les peaux dorées ou cuites au soleil. Les yeux noirs. Les vêtements ont été coupés dans des tapis. Quelques voiles blancs ou noirs ceignent les visages féminins et sur la tête des hommes parfois est enfilée une chéchia. Des cris, des rires, des pleurs fusent de la foule. Une cacophonie familiale. Mais aussi, ici et là, l'uniforme sombre des agents de la sécurité, bâton à la main et regard aiguisé. Des effluves d'algues montent d'une eau calme et presque morte. Le moteur du bateau ronronne. Nous allons embarquer.

Le vent de la mer est frais sur la coursive. Il fait gicler les embruns sur mon visage. Ma veste de laine est vite humide. Les vagues sont grises et tristes. Le ciel très bas s'écroule en gros nuages sur l'horizon. J'ai très froid et pourtant je ne veux pas rentrer tout de suite dans la salle enfumée d'où j'ai fui les remugles de vomi, les pleurs des bébés, la fumée de cigarette et les odeurs de frites et de poisson pané. Les hommes en uniforme sombre patrouillent sur le pont. Ils guettent le mouvement suspect, s'arrêtent auprès de chaque corbeille, en fouillent les détritus et lèvent les yeux pour jeter sur les mâts un regard inquiet. Il ne saurait être question de me soustraire à leur examen. Tout passager qui veut s'échapper de la fosse immonde où sont rassemblés vieillards et enfants, femmes et travestis est enregistré et décoré d'un confetti de couleur qui lui donne l'autorisation de flâner à l'extérieur pendant une demi-heure. Le vêtement de l'homme n'est pas simplement sombre mais noir. Comme ses bottes et son ceinturon. À la poitrine, un badge métallique avertit qu'il est de la police. L'abord est bref et nerveux mais courtois. Peut-être est-ce parce que nous sommes encore, si je ne me trompe, dans les eaux territoriales françaises. Je m'identifie, montre mes papiers, accepte d'être palpé. Il me faut coopérer, car même si je n'aime pas ces hommes qui font régner la terreur dans leur peuple, ils sont là pour nous protéger des attentats qui se déchaînent de l'autre côté de l'eau.

Autour de moi, des ombres s'agitent sans cesse. La pièce est sombre. Seules quelques lampes montées en cou de cygne projettent ici et là une lumière vive. Du fond de cette chambre provient une rumeur laborieuse. Au-delà de la porte, des hommes et des femmes s'activent avec sérieux, conscience et énergie. Mais sans juger nécessaire de clamer par des cris qu'ils accomplissent un travail de tous les instants. Une infirmière (des infirmières ?) m'entoure(nt). L'une me cajole, l'autre me frappe sournoisement sans que personne ne le remarque. Une troisième m'apporte une étrange plaque de carton ondulé. Au centre apparaît une carte dont les lignes se déforment sous mes yeux. Le trait en est ancien, comme celui qui orne les premières mappemondes sur lesquelles les côtes des continents sont dessinées face à l'Europe et ignorées pour le reste. Le carton doit être, au-delà de son innocente apparence première, un appareil très sophistiqué car le dessin qui y est inscrit s'anime. La représentation des rivages de la Méditerranée se déforme. La Corse, la Sardaigne et la Sicile s'écrasent sur elles-mêmes. Les Baléares, pourtant bien identifiées un moment plus tôt, s'enfoncent et se noient dans l'espace situé entre l'Europe et l'Afrique. Le contour de la botte italienne rejoint le puzzle d'îles de la Dalmatie. Le golfe du Lion s'aplatit tandis que Gibraltar et le Portugal vont dériver dans l'Atlantique. La Narbonnaise, Marseille et la Ligurie sont descendues au sud. Alger, le Constantinois et Carthage ne sont pas loin de s'encastrer dans la Provence. La mer est étroite comme un fleuve. On pourrait nager d'un continent à l'autre.

Je suis dans une bâtisse dont les murs d'intérieur sont peints en bleu. Une femme à la peau mate, coiffée de blanc, se penche vers moi et me parle à haute voix. Le ton dont elle use n'est pas déplaisant, peut-être même est-il compatissant, mais la sonorité est trop puissante, elle me blesse. Et, pour la fuir, je ferme les yeux. La femme ne comprend pas que je refuse de l'entendre. Elle hausse encore le ton de la voix. Je ne sais pas si j'ai grimacé ou si j'ai soulevé la main comme pour écarter cette présence importune, mais ma manifestation d'agacement paraît la ravir. À sa voix, je sais qu'elle est contente de moi. Tant mieux si je suis dans un monde où déplaire vaut un bon point !

Autour de moi s'échangent des propos en arabe mêlé de français. La sonorité peut en être rauque et douce à la fois. La signification de la mappemonde et de ces peaux mates qui m'entourent est cette fois évidente. Je suis à Alger. C'est ce que voulait me dire ce dessin déformé d'une carte de la Méditerranée. Marseille y rejoint Alger, à la manière du trajet que j'ai accompli. Le bateau m'a fait effectuer la traversée qui m'a mené de ce côté-ci de la vie. Le voyage aurait dû bien se dérouler. Pourtant, on m'a mené dans un hôpital aux murs bleus. Et je sais que les équipements médicaux ne sont ici ni aussi abondants ni aussi modernes que dans mon pays. Je suis bien entouré. Ces Algériens et ces Algériennes déploient beaucoup d'attention dans ma direction. Je me sens chez moi, comme à la maison. Malgré tout, une inquiétude sourde a pénétré mon corps et mon esprit. L'agitation qui règne dans les couloirs n'est pas un mouvement ordonné. Elle est le produit d'un babil joyeux, parfois coléreux, rarement furieux, toujours chaleureux. S'y mêlent aussi des relents de nervosité résignée. On court peu. Mais parfois le sol résonne du pas lourd d'une démarche accablée. Alors, le brouhaha faiblit, s'apaise, le temps que la vie reprenne le dessus. Peut-être la mort s'est-elle vue alors reconnaître un instant de silence. Je ne sais. Je me sens bien dans ce monde qui n'est pas tout à fait le mien. Mais je ne suis pas sûr que la chaleur de cette atmosphère soit aussi efficace que la froideur clinique que traduisent les ordres brefs des salles d'opération.

# Récit de Geneviève

Cet après-midi, quand nous sommes entrées dans ta chambre, j'ai connu la surprise tant attendue. Tu avais les yeux ouverts.

Combien de fois ne m'avait-on pas dit que, dans la journée, tu avais semblé fugitivement te réveiller ? Mais c'était le matin ou le soir, quand nous n'étions pas autorisées à te visiter. Ce jour-là, enfin, il me fut donné de le constater. Nous avions le regard rivé sur toi. Rivé et rêvé, tant cet instant avait été espéré.

Nous subîmes pourtant encore une déception. Tu refermas les yeux comme si les maintenir ouverts avait constitué pour toi un effort trop pénible. Mais l'instant d'après, les globes roulaient sous les paupières, signe, je le pensai alors, d'une tentative de communiquer avec nous. J'étais totalement désemparée. Je ne m'étais pas préparée à une situation de ce genre où tu hésiterais encore sur la crête séparant la présence de l'absence. Je ne savais pas si je devais te bousculer du son de ma voix ou seulement t'accompagner d'une pression de la main. Tout cela paraissait si fragile que je craignais qu'une initiative intempestive te renvoie dans le monde d'où tu émergeais à peine. Nous guettions le moindre mouvement qui ne se produisait pas. Alors, craignant qu'une absence de réaction de ma part suscite chez toi la déception de ne point sentir que je venais à ta rencontre, j'osai prendre la parole pour une interrogation à l'espoir fou. Il ne me suffisait pas de savoir que tu revenais au monde, je voulais apprendre aussi, et peut-être surtout, si tu revenais à moi. Alors, je t'ai demandé : « Dominique, est-ce que tu me reconnais ? » Tu n'as pas répondu par la parole mais tu as soulevé les paupières et j'ai pris cela comme un acquiescement. Le mouvement était infime mais, pour moi, sa signification ne laissait pas la place au doute. J'ai regardé les filles et j'ai acquis la conviction qu'elles partageaient ma certitude.

J'ai osé. J'ai posé la question : « Comment est-ce que je m'appelle ? » Et tu as dit : « Geneviève. » Ta voix n'était pas forte. Peut-être même était-elle atone. Mais tu as prononcé mon prénom de façon tout à fait distincte. Tu t'étais réveillé.

# Se résigner à la vie

La nuit est tombée... Est-elle tombée ? Je n'en sais rien. Elle est là parce que aucune lumière ne provient de l'extérieur. Y a-t-il un extérieur ? Ce n'est pas sûr. En tout cas, cela ne me préoccupe pas. Je ne sais pourquoi il y a autour de moi des sonorités qui peuvent être blessantes aux oreilles, voire dans la tête. Une voix trop forte me demande si je sais où je suis. Ça m'est totalement indifférent. Et puis je n'ai pas envie de répondre. Trop de fatigue à penser, à articuler des mots, à former des phrases, une seule phrase même. Je veux dormir, qu'on ne m'embête plus. Mais cet homme, car c'est bien d'un homme qu'il s'agit, ne me laissera pas en repos. Il s'acharne à me questionner. Il me harcèle d'informations.

– Vous êtes à l'hôpital de la Pitié, à Paris... Où êtes-vous ?

Peut-être même s'autorise-t-il à me secouer. En tout cas, il me touche. Son contact est pénible à subir. Pour qu'il abandonne ce manège insupportable, je suis prêt à tout admettre.

– Où êtes-vous ? demande-t-il encore.

– À l'hôpital de la Pitié, dis-je pour céder. Pour

lui indiquer ainsi qu'il cesse de me torturer. Pour lui faire savoir que je me suis rendu à ses arguments.

– Où ? Dans quelle ville ?

Cette fois, je ne peux pas obéir jusqu'à l'idiotie. Il est absurde de vouloir me faire répéter que nous sommes à Paris alors que je sais parfaitement que c'est d'Alger qu'il s'agit. Je me tais. Mais il est sans pitié. Il veut absolument que je lui parle de Paris.

– À l'hôpital de la Pitié, à Paris, articulé-je d'une voix résignée et accablée.

Enfin, il me laisse en paix.

# Récit de Geneviève

Le 18 mars, on t'a transféré dans la partie « hôtel » du service. L'appellation « hôtel » est certainement dérisoire parce que les chambres n'y sont pas pour les visiteurs plus confortables qu'ailleurs. Mais il s'agit là d'une décision administrative et médicale. Les machines qui enregistrent les rythmes vitaux et qui avertissent en cas d'incident ne sont pas toutes disponibles en permanence. Certaines d'entre elles doivent donc être réservées aux cas les plus critiques. Les médecins ont jugé ce jour-là que tu pouvais être déplacé pour laisser ton espace d'urgence extrême à d'autres pour qui une surveillance plus précise et continue s'imposait. Il s'agissait, somme toute, d'une bonne nouvelle. Et c'est là que tu nous as réservé une immense surprise.

Je bavardais, comme à l'habitude, et je suis revenue sur l'événement qui donnait du bonheur à toute la famille. J'ai dit, sans grand espoir d'une réponse : « Dominique, tu sais, nous avons une grande nouvelle à t'annoncer. » Et, à notre stupéfaction, tu as articulé : « Oui, je sais, Marie-Laure va avoir un bébé. » Et puis, tu es retombé dans ton hébétude. Pendant plusieurs jours encore, je n'ai pas obtenu grand-chose de toi. Quand je te demandais comment je m'appelais, tu savais répondre « Geneviève », mais c'était une voix qui venait de très loin, méconnaissable, à la manière de celles qui sont produites par les appareils de synthèse. Peu à peu, pourtant, la conscience est revenue et ils t'ont autorisé à sortir vers le service d'orthopédie.

# Récit de Camille

Quand tu étais en réa, je venais avec maman et avec mes sœurs. Je me taisais. C'était maman qui te parlait. Moi, je me contentais de dire bonjour et au revoir. Mais quand ils t'ont sorti des soins intensifs, alors j'ai pu tenir la conversation. Toi et moi, on avait une technique. Comme parler te faisait souffrir, je t'avais dit comment faire : pour dire oui, tu clignais des yeux une fois, deux fois pour non. Je te racontais l'école et tout... Et toi, tu me disais que tu avais mal. Un peu. Tu sais, je te demandais si tu avais mal. Tu répondais oui. Beaucoup, tu faisais non. Alors, j'ai interrogé : « Un peu ? » Et là, tu as dit oui. Après, tu t'es mis à parler. Pas beaucoup. C'étaient des petites phrases courtes, mais avec ton vocabulaire, comme d'hab'.

## 24 mars 2001

Puisque j'étais sorti du coma, on s'appliqua à fêter mon anniversaire. J'étais conscient, me dit-on. De quoi ? De la présence d'autrui, c'est certain. Du reste, je n'avais qu'une idée en tête : que cette cérémonie s'arrête le plus rapidement possible et que mes visiteurs s'en aillent avant que je ne me laisse dominer par la fatigue et l'irritation que ces manières me causaient. J'étais d'autant plus malheureux de voir cette petite fête se prolonger que je savais, au tréfonds de moi-même, que c'étaient l'amour et la gentillesse qui avaient inspiré cette démarche. On me fit un cadeau. Comme il se doit. Il avait sans doute été choisi avec tendresse par Geneviève. J'ai honte d'avouer que je n'en ai pas le moindre souvenir. Pis, je suis à peu près certain que, sur le moment, il ne m'apporta aucune satisfaction. Il est très vraisemblable que Camille, Marie-Laure et Armelle avaient aussi préparé un présent. Fut-il collectif ou individuel ? De cela non plus je ne peux me rappeler. Il y eut certainement aussi un gâteau d'anniversaire. Les médecins, me dit-on, m'avaient autorisé à y goûter. Peut-être avais-je repris une alimentation partiellement normale. Je n'ai pas dû beaucoup apprécier la friandise qui m'était offerte puisque, paraît-il, Marie-Laure me proposa d'aller chez le boulanger le plus proche chercher, en fonction de mon goût du moment, la pâtisserie qui me conviendrait. Je commandais, après avoir longuement hésité, un baba. Quand Marie-Laure revint, un bon quart d'heure plus tard, je jetai sur l'objet de mes désirs supposés un regard morne, et après avoir en vain tenté d'en avaler une bouchée, je décrétai qu'il était sec. C'était évidemment le cas puisque la future maman avait demandé au commerçant que l'objet ne fût point arrosé de rhum, mais cela contribua définitivement à faire tomber l'ambiance de gaieté un peu forcée dans laquelle nous nous débattions depuis une petite heure. C'est ainsi que j'entrai dans ma cinquante-huitième année.

***

En réanimation, dans le coma, on ne demandait rien à mon corps. Et voilà qu'ici il me faut le bouger, lui faire faire des efforts. Le matin, les infirmiers ou les infirmières, je ne sais, me manipulent quand il est l'heure de la toilette. L'heure, ce n'est pas une indication sur une montre, c'est le moment où l'on vient me passer un gant humide sur le corps. Il est trempé dans une bassine d'eau toujours trop froide ou trop chaude. Je dois être trop exigeant. Mais quand l'eau n'est pas assez chaude, elle produit l'instant d'après une sensation de froid bien déplaisante. Cela va très vite. Je n'ai pas le temps de protester que l'impression s'est envolée, mais il me suffit de quelques secondes pour percevoir ma vulnérabilité. Un matin – pourquoi celui-là ? –, je subis une agression. Une femme à la voix de rogomme crie à la cantonade : « Il y en a ici qui se croient à l'hôtel ! » J'ignore au juste ce qui suscite la colère de cette furieuse mais je comprends bien que c'est à moi que s'adresse cette interpellation. La femme est forte, sa masse en impose, elle est debout. Je suis faible et couché. Bien sûr, je ne pense pas à répliquer. J'ai bien trop peur pour cela. Peur et aussi un sentiment de culpabilité. Je n'ai pas idée de ce que j'ai fait, ou plutôt de ce que je n'ai pas fait, de ce que j'aurais dû accomplir pour ne pas me comporter comme le client d'un hôtel, comme un homme qui paie pour être servi et non comme le malade négligé au fond d'un lit, qui oublie que l'on est bien bon de l'accepter à l'hôpital. Peut-être ai-je failli à mon devoir, mais c'était sans savoir ! Je ne vais pas tenter de discuter, je n'en ai pas la force. Je souhaiterais même m'excuser mais je ne sais pas quel est mon péché. Peut-être mon accusatrice l'ignore-t-elle tout autant que moi, peut-être ne suis-je que l'émissaire de frustrations accumulées depuis des années et qui attendent le moment où l'on ne pourra pas répliquer pour se déverser sur une victime impuissante. Aujourd'hui encore je cherche à comprendre cet emportement rageur. Sur le moment, je l'ai vécu dans l'angoisse de le voir se répéter et la peur du monde dans lequel je retournais. Bienvenue dans la réalité ! C'est ainsi que cette femme m'avait apostrophé. Ce matin-là, je connus la nostalgie des limbes que je venais de quitter.

On a décrété que j'étais revenu à la vie à la fin du mois de mars. J'ai quelques souvenirs de ce qui s'est produit alors que j'étais encore dans le service de réanimation. Quand on évoque l'anniversaire de mes cinquante-sept ans, célébré quelques jours plus tôt, je parviens, à force de la gratter, à arracher à ma mémoire quelques bribes de souvenirs, je l'ai raconté. Mais c'est du moment que je vais dire que s'esquisse un retour à l'existence. Pas à la vraie vie, mais à un état de conscience qui me permit d'arrêter ma décision et, plus tard, de me forger une opinion. Un matin, j'ouvre les yeux et j'ai une étrange vision. Loin devant moi, une fenêtre s'est ouverte sur l'abord d'un pôle, je le saurai plus tard, sur l'océan glacial Arctique. Peut-être à ce moment-là n'est-il pas aussi glacial que cela, car de petits icebergs dérivent mollement sur une eau à peine couverte de ridules et teintée de pourpre par le soleil couchant. Sont-ce les côtes d'une île ou d'un continent ? Elles sont déjà sombres. Elles descendent en pente douce vers l'océan. Dans le creux de ce qui fut peut-être autrefois le lit d'une rivière se laissent deviner quelques croix de bois. Je m'en souviens, ce sont les tombes de baleiniers morts au cours d'un hiver polaire où leur bateau était resté prisonnier de la banquise reformée prématurément. Cet endroit, j'y suis allé. Ce que je contemple n'est pas une fenêtre ouverte sur l'Arctique, c'est la photo que m'a fait parvenir au retour de ce voyage un vieil ami. Je serais incapable de me souvenir du nom de cet endroit tant les appellations sont complexes dans la langue inuit, mais je revois confusément les soirées passées dans un chalet au bord d'un fjord à manger du poisson cru. Et même, pour ceux qui en avaient le courage, à déguster (?) une chair spongieuse et grasse, toute fraîche et déjà rance, celle du phoque tiré dans l'après-midi. Le vieux chasseur, qui était notre guide, tentait en vain de nous apprendre quelques jeux de société qu'il pratiquait avec les siens pendant l'interminable nuit polaire. Le phoque, qui fournissait nourriture, chausses et vêtements aux siens, leur donnait aussi l'occasion de se distraire. Cet animal possède un nombre incroyable d'os et d'osselets. Chacun de ceux-ci représente, dans le jeu, selon sa taille, un chasseur, un loup, un ours, un bœuf musqué, un igloo, l'élément d'une clôture ou encore un autre phoque. Dans le chalet, le vieil homme les avait posés sur la table. Dans les igloos, j'imagine que c'était et c'est encore sur le sol de neige tassée qu'on y joue. Il appartient à chaque acteur de manipuler ces osselets avec la science que donne l'expérience du chasseur et du chassé. Évidemment, à ce jeu, nous nous trouvions, nous touristes européens, incapables de faire face aux situations les plus simples. Notre inexpérience provoqua la consternation de notre hôte qui abandonna bientôt tout espoir de discerner chez nous une bribe d'intelligence de sa société. Nous n'y évoluions pas avec plus de légèreté que ne l'eût fait un morse lâché sous les yeux de Fellini dans la fontaine de Trevi.

Mais tous ceux qui ne se réveillent pas dans l'instant où un devoir les appelle le savent bien, on peut paresser un peu, refuser de reconnaître la réalité qui nous entoure, voguer plus ou moins longtemps sur des souvenirs plaisants. La réalité finit toujours par l'emporter et le rêve par s'effilocher.

Ainsi en fut-il ce jour-là, à une heure impossible

à déterminer, le matin ou l'après-midi, je ne saurais le dire et de toute façon cela n'a aucune importance. Le ciel était gris, comme il le fut tout au long de ce printemps 2001. Mais, ce jour-là, je crois bien qu'il ne pleuvait pas. Je redécouvrais le monde de l'extérieur. Il n'était pas beau. Il n'était que gris sur gris. Je n'avais pas encore appris à discerner les nuances de cette couleur, comme je le ferai plus tard. Le ciel était désespérant d'ennui. Il n'eût pas inspiré un peintre de la marine. Aucun nuage n'y flottait qui eût pu donner quelque relief à ce fond de toile sans vie. De mon lit, je discernais sans m'y arrêter les toits de quelques immeubles inintéressants et dont je ne me souciais pas de savoir ce qu'ils pouvaient abriter. Peut-être fut-ce l'ennui que suscitait ce paysage qui me conduisit à revenir pour la première fois à ce qui avait été ma vie d'avant l'accident. Tout à coup, une urgence venue d'un ailleurs subitement très présent me saisit. Si j'étais allongé dans ce lit, c'était pure paresse. Il me fallait me reprendre et penser un peu sérieusement à ce que serait le sujet de ma chronique du lendemain. C'est alors seulement que je me pris à contempler la pièce dans laquelle je me trouvais. Dans un premier temps, je n'y vis qu'inutilité pour l'objectif qu'il me fallait atteindre. Un lit blanc semblable au mien et inoccupé, un fauteuil et une chaise, deux tables de nuit, des radiateurs et de curieux objets nickelés qui surmontaient les lits, rien de tout cela ne m'aiderait à rédiger une chronique. Un instant plus tard, je remarquai quand même un petit poste de radio noir, mais les informations que j'obtiendrais par l'intermédiaire de cet instrument ne seraient pas satisfaisantes pour la tâche qui m'était assignée. De longues minutes d'angoisse s'écoulèrent d'abord avant que ne vînt le soulagement, car il m'apparut enfin que j'étais dans un hôpital, que mes membres inférieurs ne pouvaient pas se mouvoir et que j'aurais sans doute une excuse suffisante pour ne pas préparer la chronique du lendemain. À ce moment, j'ai connu le soulagement d'être libéré des responsabilités de la vie quotidienne. Un peu plus tard, ayant à tâtons, sous le drap, reconnu les nombreux bandages qui entouraient la jambe gauche, le bassin, le ventre et la poitrine, j'en conclus que les jours suivants non plus je n'aurais pas à subir le supplice de la recherche journalière d'un thème de dissertation. Je ne savais pas encore pourquoi je me trouvais dans cette chambre d'hôpital, mais il était certain que ma présence m'y déliait, pour un temps au moins, des obligations de mon travail. Il y a comme cela des instants où l'on peut se réjouir simplement des troubles de santé !

J'ai écrit que j'avais, ce jour-là, effectué mon retour à la vie, à ce qui était peut-être la vraie vie, avec ses parenthèses de bonheur et les soucis du quotidien. Ce fut le cas, mais l'espace d'un moment. Une persienne s'était ouverte sur le monde. Elle se referma bien vite. Cette existence-là ne devait pas être mienne avant fort longtemps.

Sortir des limbes où l'on se réfugia pour échapper à la souffrance du corps et aux angoisses de l'esprit est une longue peine.

Le mot réveil que l'on utilise fréquemment à l'hôpital pour qualifier salle, service ou état du patient ne rend que très partiellement compte de ce phénomène. La phase de réveil peut être beaucoup plus longue que le sommeil qui l'a précédée. La sortie du coma tient plus d'une sorte de renaissance que de l'éveil matinal à l'issue d'un assoupissement bien réglé. Le « dormeur » qui sort, parfois à regret, du domaine des songes, est très proche du nouveau-né violemment expulsé du ventre de sa mère. L'enfant n'a pas demandé à être rejeté par celle qui l'a porté. Le « dormeur » s'est peut-être laissé attirer par l'amour dont il a été entouré et qui l'a appelé à sortir de son monde, ou bien il s'est laissé entraîner par une force étrange qui lui commandait de vivre. Parfois, et ce fut je crois mon cas, grâce à la tendresse que les miens m'ont dispensée, ces deux éléments se sont combinés pour le ramener à la surface. Ces appels au retour à la commune existence sont pleins de promesses qui ne seront pas toutes tenues.

Le « dormeur », comme l'enfant, émerge dans un monde étranger. L'enfant a tout à apprendre de cet univers nouveau. Le « dormeur » reparaît sur une terre dont il ne garde d'abord qu'un souvenir confus, dont il va constater ensuite qu'elle s'est modifiée en son absence, et dans un cadre qui lui est souvent inconnu. L'enfant dispose, dans son ignorance absolue, du plus beau don qui se puisse imaginer : le désir d'apprendre. Il est guidé, dans un premier temps, par un instinct de survie qui lui permet de trouver à se nourrir. Le « dormeur » doit réapprendre à vivre sur un nouveau continent. Sans doute même regrette-t-il l'ancien, tant celui qu'il aborde est froid, privé de vie et de couleurs, peuplé seulement de formes blanches aux voix inconnues, haché de sonorités sinistres, percé de douleurs à l'origine incompréhensible. Il ne renaît que pour souffrir.

Alors il connaît la nostalgie du monde qu'il a quitté. Et peut-être parfois en voudra-t-il à ceux qui l'ont ramené à la surface de la vie. « Pourquoi, leur dira-t-il, m'avez-vous menti ? Pourquoi m'avez-vous fait croire à force d'effluves d'amour qu'il était bon pour moi de revenir vous voir ? Pourquoi, si vous ne savez pas m'épargner ces souffrances, ne pas m'avoir laissé où j'étais ? »

Et encore, cela ne rend-il pas compte du désarroi de ceux qui ont tenté de mettre fin, pour de bon, à leurs jours. Il leur sera plus dur encore de pardonner à ceux qui les ont repêchés.

Rien de tout ça ne me facilite l'apprentissage de la vie retrouvée. La renaissance, pour toutes ces raisons, est encore plus dure que la naissance. Il s'ensuit le plus souvent un refus d'apprendre le monde nouveau. Je l'ai vécu. Cela s'appelle, en termes scientifiques, la perte de la mémoire immédiate. Ne pas se souvenir de ce qui s'est passé dans l'heure ou même dans la minute précédente, être incapable de se remémorer d'une ligne sur l'autre ce que l'on a lu l'instant d'avant peut relever d'un affaiblissement ou d'une dégénérescence du cerveau, mais peut aussi être le fait d'un manque d'appétit de savoir, de la volonté de se tenir à l'écart de son nouvel environnement. Je ne saurais affirmer que tous les « dormeurs » choisissent l'absence pour protester contre la trahison dont ils jugent avoir été victimes, mais telle fut mon expérience.

De ce que je percevais dans ma chambre et à l'extérieur de celle-ci, rien ne présentait un attrait suffisant pour me donner goût à une vie nouvelle.

Seules les visites prévues ou imprévues suscitaient un intérêt passager. Ce furent celles-ci qui éveillèrent en moi le premier plaisir. Je m'efforçais parfois de lire quelques pages d'un roman, mais je ne pouvais guère trouver d'intérêt à des histoires qui se déroulaient ailleurs que dans ma chambre. On tenta de me fournir des journaux, mais cela me parut encore plus futile que les romans. Des événements plus ou moins graves se déroulèrent à l'extérieur de l'hôpital mais il m'était impossible d'en saisir l'intérêt puisque je ne voyais pas du tout en quoi cela pouvait affecter mon existence.

En revanche, à l'arrivée de visiteurs, ma conscience s'éveillait. Le plaisir dépendait, on s'en doute, de la personnalité de celui qui se présentait, pourtant, d'une façon générale, les importuns surent se tenir à l'écart. Néanmoins, peu nombreux parmi les visiteurs furent ceux qui surent comprendre que le plaisir s'effaçait rapidement pour moi devant la fatigue. Il n'est pas nécessaire de parler longtemps à celui qui gît. La présence de l'ami ou de l'aimé lui suffit. Il sommeille parfois, mais il est heureux quand il reconnaît l'affection, l'amour ou l'amitié. Rien, en revanche, ne lui est plus pénible que les visites de circonstance. Contre l'importun, les armes manquent. La parole est difficile à manipuler. Les mots précis ne viennent pas. Il n'est qu'un seul refuge, qui est une défaite : prétendre dormir. Il faut croire que l'on parvient quand même à sortir peu à peu de cet état post-comateux, bien qu'il s'agisse d'un travail de prise de contrôle de soi-même beaucoup plus long qu'on ne l'imagine. Si je ne peux parler que pour moi, je peine à croire qu'il en soit très différemment pour les autres. On récupère d'abord quelques capacités d'attention et donc un peu de mémoire du moment. On se rend compte que la mémoire ancienne est encore présente, certes un peu cachée, mais toujours vivante. On commence à se réintéresser aux affaires de sa famille, puis à celles de son métier, mais on profite aussi de son statut de malade et d'invalide provisoire pour refuser de se préoccuper des soucis quotidiens de l'existence.

Le « dormeur » qui tarde à se réveiller rejoint là tous ceux qui souffrent et dont la plupart n'ont pas connu la même expérience. Mais il faut bien longtemps à celui-ci pour se retrouver à l'aise dans le monde. Mon accident s'est produit au début du mois de mars 2001 et je n'ai eu le sentiment de récupérer tous mes esprits qu'au début de l'été 2003.

Il peut paraître que, dans mon cas, cette période intermédiaire entre le coma et le retour (presque) complet à la vie a été lent. Il n'en est rien, statistiquement tout au moins. Selon le professeur R., qui dirige le service de réanimation de la Pitié, cette phase se prolonge pour l'essentiel de deux à cinq ans. En réalité, elle ne s'achève jamais, car personne ne sort inchangé d'une aventure comme celle-là. Ni le « dormeur », ni ceux qui l'ont accompagné dans son voyage.

# Récit d'L.

J'ai relu mes notes griffonnées l'autre jour sur le palier du service de réanimation. Est-ce vraiment moi qui les ai écrites ? La passion qu'elles évoquent me trouble, me met mal à l'aise. Tout à l'heure, je suis passée te voir dans la chambre que tu occupes maintenant au service d'orthopédie. Tu étais vaguement éveillé mais aussi fatigué et facilement irrité, comme si le retour à la vie t'était pénible. C'est à peine si tu m'as reconnue. Tu n'as pas vraiment manifesté de plaisir à me voir. Je n'ai pas eu le cœur de te parler de ce qui s'était passé entre nous. Tu m'as paru pris d'une sorte d'ennui de vivre. Peut-être ne t'ai-je pas rendu service en te visitant pendant ton sommeil. J'ai eu peur de me l'entendre reprocher. Alors, je me suis enfuie. J'avais été audacieuse jusque-là. Je ne voulais pas me rendre importune. Et puis, il te revenait de gérer ta nouvelle vie avec les tiens.

# Tunnels, orthopédie et résonance magnétique nucléaire

Deux services au moins – je l'ai appris par la suite – s'étaient disputé le dangereux honneur de m'accueillir au sortir de la réanimation. Il paraît que la « lourdeur » des traumatismes que j'avais subis aurait justifié que j'aille ici et là dans le même temps. Une première logique eût été, l'ai-je su par la suite, de me diriger vers les « digestifs. » C'était, après tout, l'hémorragie intestinale qui avait, le premier jour au moins, menacé le plus directement ma vie. De ce côté, le travail n'était pas terminé puisqu'une seconde opération allait bientôt se préciser pour l'automne. Le « jeune » professeur M. avait, en outre, procédé à l'ablation de la rate et avait dû rapiécer le foie, qui avait également été endommagé par le choc.

Mais, après d'intenses consultations entre les différents services, une autre logique prévalut. J'atterris ou plutôt on m'éleva jusqu'au sixième étage, dans le domaine du professeur S. Cette logique fut celle de me voir « réparé » le plus tôt et le plus complètement possible. Il ne suffisait pas, avait-on dû penser chez les très hauts responsables médicaux de l'hôpital, de me ramener à la vie, encore fallait-il que je fusse capable de retrouver mes facultés motrices. Et le service d'orthopédie paraissait le plus adapté à cet objectif. Dans le choc de l'accident, j'avais eu le bassin fracassé, le col du fémur fracturé et le fémur brisé. L'os sortait de ma cuisse. En outre, et c'est cela qui nécessita l'opération chirurgicale la plus sophistiquée, mon genou gauche avait été totalement désarticulé, les ligaments avaient été rompus sous le choc. Le docteur R., qui procéda à cette intervention réparatrice, était allé chercher je ne sais où dans mon corps des ligaments qu'il avait substitués à ceux qui avaient été arrachés. Cette opération se déroula le lundi 5 mars, quatre jours après mon accident, alors que j'étais plongé dans un coma d'où j'allais avoir le plus grand mal à sortir. Je me suis émerveillé ensuite qu'un grand chirurgien prît de son temps pour intervenir sur un comateux dont il n'était pas dit qu'il se réveillât jamais. Ce travail est long, délicat, il mobilise un important personnel auxiliaire. Il requiert l'utilisation d'un « bloc » qui pourrait avoir à ce moment-là d'autres usages, notamment celui d'héberger un être conscient que l'on opérerait sans prendre le risque de le voir mourir dans les jours suivants et d'avoir ainsi accompli une tâche inutile.

J'ai appris ensuite que, si l'on avait différé cette opération, les chances de voir un jour mon genou fonctionner « normalement » ou à peu près en eussent été beaucoup réduites. C'est indiscutablement la simultanéité des interventions que l'on peut pratiquer dans un grand hôpital comme la Pitié-Salpêtrière qui me permet aujourd'hui de mener une vie à peu près normale et de ne subir que des handicaps, partiellement contrôlables par la prise de médicaments et la pratique de l'exercice physique. Cet exercice physique me fut imposé alors même que je me trouvais encore en réanimation. Dans cette chambre décorée de toutes sortes d'écrans digitaux, d'ordinateurs perfectionnés et de compteurs électroniques subtils, les médecins firent entrer une machine assez rustique dont la fonction est de maintenir le genou en mouvement pendant une durée déterminée par le spécialiste. J'étais allongé sur le dos dans mon lit. Le reste de mon corps allait demeurer totalement inerte pendant près de trois semaines mais, par périodes de cinq puis de dix minutes, ma jambe gauche était prise d'une agitation régulière et modérée. La machine tenait mon pied. Elle le faisait aller et venir à l'horizontale, une quarantaine de centimètres au-dessus du lit. Ainsi était reconstitué de manière approximative le mouvement de la marche. Il s'agissait d'habituer le genou récemment réparé à se mouvoir, de favoriser l'acquisition d'une certaine souplesse par cette articulation régénérée. Si je devais vivre, il faudrait que je puisse marcher. Il ne suffit pas de réussir techniquement une intervention chirurgicale, encore faut-il qu'elle permette de rétablir les fonctions menacées.

Le passage dans le service d'orthopédie correspondait donc à une logique de vie qu'il m'est aujourd'hui difficile de contester. Il n'en demeure pas moins qu'il s'agissait là d'un acte très audacieux, marqué d'un optimisme qui aurait pu se révéler excessif, le service d'orthopédie n'assurant pas, loin de là, la surveillance de l'ensemble des fonctions vitales que fournissait la grande réanimation.

***

Quelques jours après mon transfert, je bénéficiai d'un « rendez-vous » très prisé pour un examen de résonance magnétique nucléaire (RMN). J'allais profiter du dernier perfectionnement technique en matière d'imagerie médicale. La machine est recherchée et les examens sont difficiles à obtenir. Sur le moment, cette nouvelle ne provoqua pas chez moi de jubilation particulière. Je n'étais pas revenu à un niveau de conscience suffisant pour percevoir l'intérêt de ce déplacement. Je me contentai de répondre à l'infirmière qui m'annonça l'événement que je ne pouvais pas avoir de rendez-vous puisque je n'en avais pas sollicité. Et, faute de pouvoir me retourner dans mon lit, je fermai les yeux pour signifier l'ennui que me causait la perspective de cet examen. La seule idée de devoir passer sur une civière et d'être trimballé jusque dans un lieu inconnu m'était inquiétante et pénible. Ce jour-là, je ne pouvais me résoudre à envisager le moindre effort.

Peut-être une certaine prescience s'était-elle mêlée à la fatigue et aux douleurs du moment car, ayant cédé à des sollicitations qui étaient devenues impératives, je me rendis compte au bout de longues minutes de trajet que la fameuse machine était située dans une partie assez éloignée de l'hôpital. À cette occasion, je découvris que les pavillons, ou du moins certains d'entre eux, communiquaient par des couloirs souterrains. Rien n'est plus lugubre que ces passages ornés de graffitis et d'éclats de peinture posés là par des artistes en devenir mais qui n'en sont qu'aux balbutiements de leur talent. La lumière glauque et rare incite à se demander si, au croisement d'une autre galerie, ne va pas surgir un monstre répugnant échappé d'un égout ou un débris d'humanité réfugié dans les sous-sols de la ville et rendu furieux par la solitude. De surcroît, le sol est loin d'être égal et le chariot fait subir au paquet de chair qu'il transbahute des cahots qui peuvent se révéler particulièrement douloureux.

J'arrivai donc sur les lieux de mon « rendez-vous » dans un état bien plus médiocre que celui qui était le mien en quittant le service. Je souffrais depuis la veille d'une douleur jusque-là inconnue au côté droit, dans la partie basse de la poitrine. Respirer m'était difficile.

Après ce voyage éprouvant, la chose devint si douloureuse que je m'appliquai à n'inspirer qu'à la moitié ou au tiers du mouvement habituel. Le brancardier ne disposant, je l'imagine, d'autre instruction que la destination d'un voyage aller, m'abandonna dans une pièce où personne n'apparut. Je ne sais combien de temps j'y serais resté si Geneviève, qui était venue me rendre visite peu de temps après que je n'y avais été emmené, ne s'était pas inquiétée. En interrogeant les infirmières, elle parvint à découvrir vers quel lieu j'avais été transporté. Et s'enquérant, à chaque croisement de rue de cette ville immense qu'est la Pitié, de la direction, elle parcourut en surface le chemin que j'avais suivi sous terre. Elle me rejoignit alors que, gémissant de douleur et d'abandon, je tentais sans grand succès de m'affaisser dans le sommeil.

Elle apprit que la machine était en panne et que le responsable des opérations avait d'abord cru que le réparateur, unique de son espèce, allait venir rapidement, qu'il ne s'était donc pas inquiété du sort d'un patient dont on ne lui avait pas décrit l'état. Il avait su seulement ensuite que le réparateur avait été appelé pour la journée à quelques centaines de kilomètres de Paris et il était fort possible que, tout à sa désolation, il ait oublié le sort du paquet humain qui attendait le résultat d'un bricolage libérateur.

Grâce à Geneviève, je refis donc le même chemin en sens inverse et je repris possession du domicile qui m'avait été assigné provisoirement. Mais là non plus les médecins ne se pressaient pas à mon chevet. Il était même impossible, à cette heure un peu avancée de l'après-midi, d'obtenir autre chose que la présence d'un externe visiblement dépassé par la complexité du problème et incapable d'émettre le moindre diagnostic. Face à cette défaillance, Geneviève choisit, à sa grande répugnance, de crier assez fort pour alerter infirmières et visiteurs. Ce fut peut-être la crainte d'un scandale qui ramena à mon chevet le professeur S., chef du service, et le docteur R., qui m'avait opéré avec tant d'habileté. Se trouvait là également, par un hasard heureux, un ami de lycée, le docteur Patrick B.H. Du conciliabule que suscita cet éclat, il ressortit que les médecins du service orthopédique avaient choisi la voie de la précaution maximale : ils me renvoyèrent au sous-sol où j'avais passé quatre jours à mon arrivée, le temps que l'on effectue sur moi les opérations les plus urgentes. Cette option m'assurait sans doute plus de sécurité que cela n'eût été le cas si on m'avait gardé au sixième étage, mais cette décision raisonnable me fit vivre la première expérience de ce qui allait être un bien cruel parcours vers la guérison.

Être ramené au service de l'éveil, que je n'avais pas connu puisque j'y avais séjourné inconscient, en état de choc, sous anesthésie et bientôt en coma artificiel, n'eût pas été particulièrement pénible si je n'y étais entré les yeux ouverts. L'endroit, pour autant que j'aie été capable de le connaître, n'était pas gai. Des malades ou des blessés râlent autour de vous. Certains ne peuvent retenir les cris que leur arrache la souffrance. Cette douleur, souvent, s'exprime de manière lancinante par des gémissements répétés. Mieux vaut ne rien voir du spectacle qu'offre le service de l'éveil. Là où j'avais été amené, ces civières étaient rangées en demi-cercle, sous un poste de commandement analogue à celui d'un navire d'où médecins et infirmières surveillent les écrans de contrôle qui doivent les alerter en cas de défaillance de l'un des passagers embarqués pour une horrible croisière. Une lumière anémique éclairait un spectacle où le gris de la peau des humains se distinguait parfois mal des draps blêmes à l'allure de linceuls.

Je ne suis pas rctourné à l'éveil depuis ma dernière sortie de l'hôpital. Peut-être le tableau que j'en brosse souligne-t-il à l'excès l'aspect peu réjouissant du lieu, peut-être la détresse dans laquelle j'avais été plongé par les événements des heures précédentes m'avait-elle incité à ne percevoir que les apparences les plus sinistres de l'endroit. Je sais seulement qu'il est pénible pour les soignants d'y séjourner trop longtemps et que cela n'est imposé à personne de façon durable. À côté de l'éveil, la réanimation, malgré toutes les machines affolantes qu'on y trouve et qu'on y entend, est un lieu de paix. Mieux vaut leur timbre inhumain que la polyphonie sinistre provoquée par la ruée des blessés qu'on amène, les râles de ceux qui attendent de passer en salle d'opération ou le crissement émis par les roues des chariots qui emportent ceux que la médecine n'a pas pu sauver.

## Avril 2001
## Bouger

À l'hôpital, le but premier de tout patient intelligent doit être de se faire oublier... du moins, s'il se sent sur la voie de la guérison. La garnison médicale, c'est-à-dire les officiers médecins et leurs subordonnés, ne se satisfait pas d'une amélioration lente et régulière. Toute personne qui ne souffre plus momentanément doit être d'urgence replongée dans la douleur et la difficulté d'être. On comprend bien que j'attribue là au corps médical une perversité qui n'est pas son fait, mais je veux seulement témoigner que le cheminement vers la guérison ne connaît guère de répit. Celui qui se sent mieux après quelques semaines passées au lit en position horizontale doit être « verticalisé » le plus rapidement possible.

Le fait de rester allongé longtemps provoque des modifications dans la circulation sanguine. Les vaisseaux réagissent moins bien aux changements de position du corps. La pompe cardiaque et les différents éléments de la circulation sanguine s'adaptent comme ils le peuvent à cette situation. Ils produisent moins d'efforts que pour l'homme debout. Se redresser brusquement provoque alors vertiges, malaises, voire accident cérébral. Il faut donc réhabituer progressivement l'opéré à retrouver la position verticale, qui est celle des autres êtres humains. Mais la progression vers cet objectif, qui apparaît incroyablement lente à l'observateur extérieur, est si pénible pour l'allongé que, parfois, celui-ci se prend à vouloir se recoucher pour toujours.

Dans le courant du mois d'avril, un gaillard impressionnant par ses mensurations entra dans ma chambre. Il me salua avec une aimable précaution qui contrastait vivement avec son physique et m'annonça qu'il était le kinésithérapeute chargé de ma « rééducation ». Le mot me fit frémir. Il avait pour connotation les camps du Goulag et la terreur stalinienne. Pourtant, c'était mon corps et non mon esprit que le gaillard voulait rééduquer. Mais, je le découvris bientôt, la perspective n'en était pas plus plaisante.

Les trois premiers jours se passèrent très aimablement. Celui qui était un nouvel élément dans le cercle jusque-là assez étroit de mes relations hospitalières pénétrait dans ma chambre en milieu de matinée ou en début d'après-midi, à un moment où médecins et infirmières étaient absents. Lorsqu'il commença, je me demandais si ces derniers étaient au courant de ces effractions, de ces ruptures du jeûne relationnel. Ensuite, je dus me résoudre à constater que le reste du personnel était complice des tourments que j'endurais. Pourtant, les débuts ne furent pas franchement déplaisants. Le costaud se contenta de m'aider à me redresser dans mon lit et de me demander de garder la position aussi longtemps que je le pourrais. Ce n'était pas un exercice pénible. Je m'y pliai volontiers. Mais vint le jour où ce tourmenteur se mit en tête de me faire asseoir dans le fauteuil où Geneviève venait s'installer chaque après-midi, tentant, avec une belle et émouvante constance, d'appeler mon attention distraite sur quelque sujet du monde de l'extérieur. La manœuvre était délicate, car de multiples tuyaux étaient encore fichés dans mon corps. On les appelle drains ou redons, ai-je cru comprendre, suivant l'importance de leur diamètre. Ils sont chargés d'évacuer ce que l'on qualifiait autrefois d'humeurs, que je nommais le pus, mais qui était plus souvent de la lymphe ou du sang mêlé d'un peu des résidus divers issus des différentes plaies de mon corps. J'étais aussi sous perfusion. On m'infusait dans les veines, par l'intermédiaire de ce que les médecins appellent un cathéter, autrement dit une sonde placée, dans mon cas à la base du cou, un cocktail d'antibiotiques et un peu de liquide nourrissant destiné à compléter une alimentation qui restait très hésitante.

On imagine que, dans ces conditions, tout déplacement, aussi limité fût-il, posait beaucoup de problèmes. Je découvris à cette occasion la difficulté qu'il y avait à vivre avec tout cet appareillage et l'angoisse que pouvait provoquer le fait d'accomplir un mouvement simple. Jusque alors, j'avais vécu couché sur le dos et toute mon activité physique avait consisté en quelques mouvements de reptation au moment de la toilette quotidienne. Sortir la jambe gauche du lit, c'était prendre le risque de voir deux redons se détacher de mon corps, celui du genou et celui de la fracture du fémur. Effectuer un mouvement de rotation du torse était bien plus impressionnant encore parce que je ne savais pas jusqu'où ces tuyaux entraient dans ma poitrine. Les termes « hémothorax » et « pneumothorax » avaient été prononcés devant moi mais, aujourd'hui encore, je ne sais toujours pas jusqu'à quelle profondeur de ma chair cette étrange tuyauterie allait chercher des débris de moi-même. J'ignore encore si le fait de les arracher eût entraîné des conséquences graves ou non pour moi. Ils constituaient une sorte d'échappatoire par laquelle ce qui était mauvais devait s'évacuer, mais aussi une série de perforations de mon être par lesquelles toutes sortes d'abominations microbiennes pouvaient pénétrer. Prendre le risque de les extirper représentait donc le danger de voir menacer une existence encore largement artificielle, qui dépendait de tubes, d'impulsions électriques et d'infusions organiques qui couraient dans mes vaisseaux.

Descendre du lit pour aller poser sur un fauteuil des fesses meurtries par des débuts d'escarres fut donc une manœuvre éprouvante, à la fois pour le corps et pour l'esprit. Chaque mouvement suscitait l'angoisse des conséquences imprévisibles qu'il pourrait avoir. Le plus infime déplacement d'une jambe ou d'un bras provoquait une légère tension sur un redon ou sur une aiguille de perfusion, tension qui provoquait l'impression de déchirer des tissus terriblement fragiles. Il s'ensuivait une sensation de douleur recréée par un cerveau bien faible et susceptible de tout inventer. Mais le pire se révéla quand le mouvement compliqué de translation fut achevé. Il apparut aussitôt aux personnes présentes, le kinésithérapeute, Geneviève et moi-même, que je ne pourrais tenir la position assise bien longtemps. Les muscles du dos avaient fondu et j'étais incapable de rester droit. Si je le tentais, je m'écroulais aussitôt sur moi-même. Et cet effort, pourtant dérisoire, était épuisant. Cette station provoquait surtout des vertiges très déplaisants. Je ne savais si je devais, pour en diminuer l'intensité, ouvrir les yeux ou les garder fermés.

Il me fallut franchir de nombreuses épreuves de ce genre avant de parvenir à rester assis plusieurs minutes. Le personnel médical était satisfait. Il trouvait ma progression rapide. Moi, j'en jugeais tout autrement.

# Un homme de Dieu

J'attends le prêtre. Il est d'abord venu me visiter bien timidement. Il voulait savoir si j'accepterais de le recevoir. Je l'ai accueilli avec autant de satisfaction que peut en manifester quelqu'un qui se trouve dans mon état. Tous les sentiments sont diminués, affaiblis, comme l'est le corps. C'est bien dommage, mais nous ne sommes pas de purs esprits. Nos joies ne peuvent s'exprimer qu'à la mesure de l'énergie dont nous disposons. En d'autres temps, je n'eusse certes pas sauté au plafond pour manifester mon plaisir de voir un homme de Dieu venir à moi. Mais, privé de ce genre de présence depuis de longues semaines, j'en avais conçu un contentement bien explicable. Voici pourquoi.

L'accident peut être logique ou injuste. Il n'est jamais tout à fait mérité. Il peut résulter d'une imprudence, d'un coup de folie que l'on a commis, d'une imprudence, d'un coup de folie de l'autre. Il peut encore être la conséquence de deux imprudences simultanées. Il peut enfin, très rarement, provenir d'un incident dans lequel les acteurs n'ont aucune responsabilité. Tout n'est pas prévisible. Un glissement de terrain qui emporte une habitation, un sanglier qui traverse une route en débouchant d'un bosquet, une avalanche qui se déclenche sur une pente, qui n'en a jamais connu ? Il n'empêche, le survivant, s'il est le propriétaire de la maison, le conducteur de la voiture ou le chef de cordée souffrira, pour le restant de sa vie, de n'avoir su prendre les précautions qui eussent pu éviter le drame.

On ne se sort pas impunément d'un accident. Chacun se demande ce qu'il a pu faire pour mériter cette punition. Et il y a toujours des imbéciles pour vous dire que c'était peut-être un peu mérité. J'ai eu la chance, quant à moi, de bénéficier du pressentiment formé trois jours plus tôt. Je me suis donc moins que d'autres interrogé sur la culpabilité qui aurait pu être la mienne. Et de surcroît, dès mon réveil, Geneviève m'a indiqué que, pour les policiers qui s'étaient déplacés, la responsabilité de l'autre ne faisait pas de doute, que la position du camion sous lequel j'étais encastré avec mon scooter montrait clairement que la manœuvre qu'il avait engagée, tourner à gauche à un carrefour sans regarder ce qui venait en face, ne pouvait aboutir qu'à un drame. Mais l'évidence elle-même ne peut pas libérer totalement l'accidenté. Il trimballera toujours dans ses bagages une part de responsabilité, que celle-ci soit réelle ou imaginaire. Il nourrira très longtemps un sentiment de culpabilité, que celle-ci soit ou non justifiée. Il vivra avec la sensation confuse d'avoir participé à une injustice commise à la fois par lui-même et contre lui-même.

Souvent, l'accidenté ne gardera aucun souvenir des quelques secondes ou des quelques fractions de seconde qui auront précédé le choc. Il aura donc la sensation qu'une partie, très courte il est vrai, de sa vie lui aura été subtilisée. S'il est resté inconscient un certain temps et a fortiori s'il a sombré dans le coma, ce sentiment sera d'autant plus lourd à porter que la période d'absence aura été plus longue.

C'est après la sortie du coma que cette frustration s'installe de façon sournoise avant de devenir peu à peu intolérable. Dans les premiers temps du retour à la vie, on est bien trop occupé à survivre d'une heure à l'autre pour s'en préoccuper. La conscience du présent n'est qu'une flamme tremblante ; l'heure n'est pas venue de se lancer à la recherche du passé. C'est un peu plus tard que ce manque, venu des profondeurs de l'oubli, s'infiltre insidieusement à la surface de la conscience.

Avec l'aide des médecins qui m'avaient veillé, avec celle de mes familiers qui m'avaient visité pendant que je « dormais », j'ai tenté de reconstituer cette fraction de mon existence. Je n'y suis jamais parvenu que très imparfaitement, ces pages le démontrent par tout ce qu'elles ne contiennent pas. J'ai fini par me résigner à admettre que de larges pans de cette période tremperont toujours dans l'inconnu.

Mais, ce jour-là, j'avais besoin que l'on m'aide à dissiper les troubles qui me tourmentaient.

Le prêtre est entré dans la pièce. Doucement, sans bruit. J'ai cru comprendre qu'il ne voulait pas imposer le « secours » de la religion à qui ne le souhaiterait pas explicitement. Avec moi, pourtant, il devrait se sentir à l'aise. Je lui ai dit de revenir me voir pour me donner la communion. Il est très possible, il est même très vraisemblable que je n'y sois pas correctement préparé. Mais alors, je compte sur sa visite, sur la conversation que nous aurons pour combler cette lacune. Certainement la liste de mes péchés est-elle longue, ma dernière confession très ancienne, mon repentir un peu incertain, mes bonnes résolutions flexibles. Mais je ne doute pas un seul instant que, compte tenu des circonstances, je sois assuré de son indulgence. Peut-être suis-je un peu présomptueux, mais le souvenir de mes fautes est incertain. Celles-ci sont plongées dans un passé qui n'est plus tout à fait celui de l'homme que je suis aujourd'hui. Je crois être une personne nouvelle. Cela ne signifie pas que cette personne demande que l'on oublie ses erreurs les plus graves, mais elle est persuadée, pour autant que sa pensée soit tout à fait claire, qu'elles ne sont plus tout à fait les siennes. En somme, elle est pleine de compréhension vis-à-vis d'elle-même, de compréhension et de clémence. Il ne s'agit pas de sa part d'une manœuvre destinée à tromper le bon Dieu, mais d'une certaine charité qui prend en compte les épreuves qu'elle a déjà subies et celles dont elle pressent qu'elles sont encore à venir. Cette personne n'a pas encore acquis une énergie suffisante pour réfléchir sur elle-même, mais elle sent bien qu'en voulant vivre elle ne fait pas de mal. Elle fait même du mieux qu'elle peut pour les siens.

Je souhaite mettre le prêtre à l'aise, je l'interroge sur son travail. Peut-être manœuvré-je ainsi pour obtenir sa bienveillance. Mais, non ! Je m'intéresse vraiment à ce que peut être une tâche comme la sienne au milieu des malades et des mourants. À son tour, il me questionne. C'est l'heure des visites. Geneviève est présente. Il s'intéresse à notre couple. Et avec une ingénuité coupable, je tombe dans un piège. J'avoue que nous avons été l'un et l'autre mariés une première fois avant de nous retrouver. Religieusement ? Oui. Je ne peux pas mentir, même si je sens la trappe se refermer. Le prêtre a peur de commettre un sacrilège. Sa main était prête à déposer l'hostie sur ma langue. Elle se retire vivement. En communiant, je n'avais pas l'intention d'offenser Dieu, ni de tricher avec lui. Pourtant, ce jeune prêtre me considère avec effroi. Il parviendrait presque à ce que je me sente coupable. Il balbutie quelques mots et s'enfuit.

Heureusement, à la Pitié-Salpêtrière, il existe un autre aumônier. Celui-là est plus avancé en âge. Grâce à lui, j'éviterai de sombrer dans le remords de m'être lancé dans une entreprise blasphématoire et j'obtiendrai l'absolution. Un peu plus tard, le vieux prêtre me donnera le sacrement des malades. Naguère, cela s'appelait l'extrême-onction. Je l'ai reçue et je n'en suis pas mort. Le jeune prêtre aurait dû m'apporter la paix. Il n'a fait que renforcer le trouble qui était le mien. À ce moment-là, je n'avais pas besoin de cela. Je ne me suis jamais demandé lequel de ces deux prêtres avait raison tant la réponse me paraissait évidente.

# Sortir

Au printemps 2001, le temps était pour moi suspendu. Il m'était impossible de distinguer un jour du précédent ou du suivant. Je sais, parce qu'on me l'a dit ensuite, que c'est dans la troisième semaine d'avril que j'ai effectué mes premiers pas. Il n'était évidemment pas question que je marche seul. J'étais bien incapable de me déplacer sans un appui et sans la surveillance attentive d'un spécialiste prêt à venir à mon secours. Gentiment, celui-ci (ou celle-ci ?) publia son premier bulletin de victoire quand je parvins, ayant franchi l'éprouvante distance de quatre mètres, à pousser le déambulateur jusqu'à l'extérieur de ma chambre. La satisfaction qu'afficha alors mon mentor ne fut pas également partagée par moi. Je retenais de cette « promenade » l'effort qu'il m'avait fallu fournir, les vertiges entraînés par la position debout et la fatigue immense qui s'était ensuivie. Lui (ou elle ?) ne voulait faire qu'un seul constat : après m'être assis, j'étais parvenu avec son aide à me lever et, sur des jambes flageolantes, j'avais avancé. Il s'agissait donc là d'un début, de l'entrée sur un chemin qui menait vers d'autres succès, mais qui annonçait aussi pour moi d'autres peines. La guérison est une longue épreuve. Il est heureux que j'aie alors perdu la notion du temps. On aurait pu me dire la vérité, me révéler que, pendant plus de deux ans, je ne serais pas capable de me déplacer sans un appui et sans souffrir à chaque pas, je crois bien que j'aurais accepté cette vérité accablante sans trop m'en émouvoir. La douleur était si intimement liée à ma vie que je ne pouvais rejeter l'une sans refuser l'autre. Et j'avais choisi de vivre, j'avais choisi de sortir de mon profond sommeil. Il me fallait donc assumer les souffrances qu'impliquait le retour à la vie.

Je ne crois pas avoir jamais protesté contre le traitement réparateur et pénible que l'on me faisait subir. J'ai certainement un peu ronchonné, mais je n'ai pas essayé de m'y soustraire. De cette litanie de succès difficiles à supporter, j'en retiens un qui fut certainement déterminant dans la décision suivante des dirigeants médicaux : j'étais arrivé à marcher dans le couloir, toujours appuyé sur mon déambulateur à roulettes, jusqu'aux limites extrêmes du service d'orthopédie, et j'avais même effectué le virage qui devait me ramener à mon lit sur le palier du sixième étage. Il s'agissait là d'un exploit qui devait m'ouvrir en toute logique la porte de sortie de l'hôpital. Le principe en fut arrêté rapidement. Il restait à choisir l'endroit où je serais « rééduqué », où l'on me réapprendrait pour de bon à marcher et peut-être à vivre.

Que vous soyez éveillé ou mourant, quand vous êtes en détention hospitalière, il est écrit que vous devez être libre de vos choix. J'ai donc été sommé de former une résolution quant au lieu où l'on allait m'évacuer. On ne vous demande pas vraiment si vous avez opté pour rester dans des lieux ou pour en sortir mais, en revanche, vous êtes prié d'indiquer laquelle des facilités disponibles recueille votre adhésion, de préciser celle où vous comptez passer les mois suivants. On vous fournit tout de même quelques conseils. On vous dit quels établissements seraient disposés à vous accueillir. On a même dans mon cas passé quelques coups de téléphone afin de déterminer si la maison « choisie » possédait un lit inoccupé. Peut-être ne vous sentez-vous pas prêt à quitter l'hôpital, peut-être avez-vous le sentiment qu'il s'agit d'une décision prématurée, peu importe. On pourra proclamer que votre liberté a été respectée, que le choix de l'établissement est le vôtre et que, s'il n'est pas bon, vous en portez la responsabilité.

Ni moi ni Geneviève n'étions en mesure de déterminer l'endroit qui serait le plus approprié pour poursuivre mon traitement. Je savais simplement que je ne voulais pas être envoyé au loin. Sans me l'exprimer très clairement, je n'ignorais pas tout ce que je devais aux visiteurs qui s'étaient pressés à mon chevet quand j'étais dans les limbes. Et Geneviève venait chaque jour m'aider à ingurgiter une nourriture pour laquelle je n'avais vraiment pas beaucoup d'appétence. J'étais officiellement sorti du coma depuis près d'un mois, mais, au fond de moi-même, je savais que seul l'amour des miens me maintenait la tête au-dessus des vagues de chagrin et des flots de souffrance qui pouvaient encore m'emporter.

Dans les options qui m'avaient été consenties,

j'avais indiqué une institution dont le mérite indubitable était de se trouver à l'intérieur de la capitale et à proximité de l'hôpital. En cas d'urgence, je pourrais donc y être ramené très rapidement et ceux qui le souhaiteraient pourraient m'y rendre visite sans un dérangement excessif. J'y fus bien accueilli et placé dans une chambre agréable qui eût pu, en d'autres temps, me donner le sentiment de séjourner dans une résidence hôtelière. Le médecin chef de cette fondation, le docteur T., prit grand soin de mon cas. Il me fit subir de façon répétée des examens de sang dont les résultats alarmants lui permirent à trois reprises de sonner l'alerte et de me renvoyer d'urgence à la Pitié. J'avais encore besoin des spécialistes qui m'avaient sauvé la vie. L'établissement dans lequel je résidais n'était pas vraiment équipé pour traiter un cas comme le mien.

Rentrer à l'hôpital représentait techniquement un moindre mal. Ces allers et retours étaient néanmoins très éprouvants pour le moral. J'avais l'impression d'être transporté comme un paquet dont les uns se déchargeaient sur les autres. Quelle que soit la bonne volonté, et souvent le dévouement des cadres hospitaliers, chaque retour à l'hôpital constituait une nouvelle épreuve. Il fallait me trouver une nouvelle chambre. Je devais attendre dans un couloir où inéluctablement j'étais laissé seul au milieu d'une foule de soignants affairés et de malades geignants. J'y avais le sentiment d'être abandonné quand seul mon cas, je ne pouvais m'empêcher de le penser, eût dû mobiliser les énergies et les compétences. J'aboutissais ensuite, non moins inévitablement, dans une chambre qui me paraissait encore plus triste et plus nue que les précédentes, à l'occasion en compagnie d'un opéré à peine réveillé et gémissant de plus en plus tristement au fur et à mesure que, les effets de l'anesthésie s'atténuant, les élancements pénétraient plus profondément sa chair.

Évidemment, j'arrivais insuffisamment équipé pour cette vie nouvelle et provisoire. Je ne savais ni où ni comment ranger le peu d'effets que je transportais avec moi sur la civière ou, dans le meilleur des cas, sur le fauteuil roulant. Il me fallait attendre, en faisant mine de dormir, que Geneviève vînt à mes côtés pour ranger mes affaires et donner à la pièce un peu d'humanité.

Et puis commençait l'attente. D'abord pour savoir si on allait m'opérer. La réponse était non : trop faible encore. Ensuite, pour apprendre si les médications, que le professeur M. préférait me voir absorber, faisaient leur effet. Enfin, pour que l'on me dise quand je pourrais sortir.

***

Le 20 mai, je fus à nouveau ramené à l'hôpital de la Pitié en ambulance. Cette fois, je n'en éprouvais pas d'inquiétude particulière. Pourtant, j'allais être opéré de l'aorte. Cette artère, qui transporte la plus grande partie du sang qui irrigue notre organisme, effectue un coude peu après sa sortie du cœur. À cet endroit, elle n'est que peu ou mal tenue par les tissus environnants. Et, sous la violence du choc, elle s'était en partie déchirée. En partie seulement, sinon, je serais mort dans les toutes premières minutes après l'accident. Mais Dieu et l'évolution ont bien fait les choses. L'aorte, m'expliqua le professeur G., chef du service de chirurgie cardiaque, est formée de trois épaisseurs. La première avait été déchirée, la deuxième endommagée, la troisième avait résisté. À mon arrivée à l'hôpital, cette blessure avait causé une vive inquiétude, mais un examen plus approfondi avait fait différer l'opération. Il y a, paraît-il, des hommes et des femmes qui survivent pendant des années avec une aorte partiellement déchirée. Il était plus urgent ce jour-là de pratiquer une intervention intestinale. Quand je fus revenu à moi et considéré comme hors de danger, le professeur G. me rendit visite à nouveau afin de me présenter les travaux à accomplir. J'avais le choix, insista-t-il, entre deux procédures. La première consistait à introduire, à la hauteur de l'aine, une prothèse en plastique qui remonterait jusqu'à la crosse de l'aorte où elle viendrait doubler la paroi. Cette méthode avait donné d'excellents résultats, mais elle était encore relativement expérimentale. Et il me faudrait retourner périodiquement à l'hôpital afin que l'on y vérifiât l'état de la prothèse. Dans une seconde hypothèse, le professeur G. se proposait de m'opérer de façon plus classique afin, compris-je, de recoudre avec minutie les parois déchirées. Le choix entre les deux procédures m'appartenait. Je n'eus qu'une question à lui adresser : « Si je choisis la voie chirurgicale la plus lourde, cela voudra-t-il dire que je n'aurais plus jamais à me préoccuper de cette aorte ? » La réponse fut positive. Ma résolution fut aussitôt formée. Je savais, le professeur G. ne me l'avait pas caché, que l'opération serait douloureuse, mais je croyais, je voulais encore croire que l'accident n'aurait pas de conséquences durables sur ma vie si je savais traiter la situation avec suffisamment d'énergie.

Le professeur G. avait prévu, dans un premier temps, de m'opérer au mois de septembre. Je m'opposai à cette suggestion avec toute l'énergie dont j'étais capable. Tout à ma détermination de refermer ce que je croyais n'être qu'une parenthèse de ma vie, je lui déclarai que je reprendrais mon travail à la rentrée, que l'intervention ait eu lieu ou non. Peut-être crut-il que ma détermination vaudrait bien quelques mois de convalescence et que mon organisme était aussi robuste que la volonté que j'affichai... Toujours est-il qu'il m'indiqua un peu plus tard, au hasard d'une rencontre, qu'il avait fixé une date, à la fin du mois de mai, pour effectuer son délicat travail de raccommodage. Peut-être eut-il tort de céder à mes sollicitations. Peut-être la complication qui s'ensuivit eût-elle eu lieu de toute façon. Aujourd'hui encore, je ne le sais pas. Mais, ce matin de la fin mai, j'ignorais ce qu'allait être la suite. Ce fut sans crainte et même avec une certaine allégresse que j'embarquai dans l'ambulance qui me ramenait à la Pitié. Je croyais entamer la dernière étape avant le retour à une vie normale.

Les préparatifs de l'opération furent ce qu'ils devaient être. J'étais rodé, me semblait-il, à ce genre de situation. La chambre n'était ni meilleure ni pire que celles qui avaient précédé et qui allaient suivre. Tout juste éprouvai-je, le matin de l'intervention, un petit pincement de cœur au moment de pénétrer dans le bloc et quand l'anesthésiste me piqua. Du travail chirurgical, je n'ai évidemment aucun souvenir.

La surprise, au réveil, fut de constater que la douleur, cette fois véritablement cruelle, ne provenait pas de l'avant de ma poitrine mais de mon dos. Pour atteindre l'aorte, le professeur G. avait dû opérer une large ouverture au-dessous de l'omoplate et écarter les côtes afin de disposer ses instruments de sorte qu'il pût « recoudre » avec précision.

Il m'était extrêmement pénible de bouger si peu que ce fût dans le lit. J'étais incapable de m'y redresser et je devais faire appel très fréquemment à une infirmière qui me manipulait avec grande précaution. La souffrance, jusque-là, m'avait accompagné avec assez de constance depuis le moment de mon réveil, mais c'était la première fois que j'avais l'occasion de la subir avec cette violence. Je rencontrais presque toujours de la part du personnel de l'hôpital compréhension et compassion. Je ne suis pas sûr que cela correspondît, de la part de tous et de toutes, plus à des sentiments personnalisés qu'à une pratique professionnelle éprouvée, mais si l'expérience l'emporte sur l'empathie, c'est certainement une très bonne chose. Une infirmière qui partagerait toutes les souffrances des patients dont elle a la charge ne pourrait pas survivre très longtemps. Les familles des malades et ces derniers eux-mêmes ne se rendent pas toujours compte que, sans un bouclier sentimental, les soignants ne pourraient pas supporter indéfiniment la douleur de ceux qu'ils veillent.

Dans le service de chirurgie cardiaque, un appareil de radiographie mobile passait de chambre en chambre tard dans la soirée. Cela constituait toujours une épreuve parce qu'il m'était très désagréable de me redresser, même avec l'aide attentive d'un médecin, d'une infirmière ou de quelque autre soignant. Cette nuit-là, je m'étonnai qu'à une heure du matin le chariot n'ait pas encore franchi le seuil de ma chambre. Il se présenta une demi-heure plus tard, piloté par un personnel visiblement excédé de ce retard. L'heure n'était assurément pas aux cajoleries. La femme de ce couple infernal m'attrapa à bras-le-corps et, pour me faire dresser plus vite, me tira vers elle en appuyant la main avec une vigueur inouïe contre la plaie tout récemment suturée. Je ne pus retenir un cri de douleur. Cela n'émut pas du tout la dame qui, sa tâche accomplie, me laissa retomber sans le moindre geste d'accompagnement sur mon oreiller. Dans un environnement généralement bienveillant, ce genre d'attitude surprend. La déception et la colère s'ajoutent alors à la douleur. Les sentiments mêlés d'impuissance mèneraient en d'autres circonstances à des protestations. Ils ne font là qu'augmenter la détresse. Au bout de quelques jours, mes souffrances s'apaisèrent, la température retomba à un niveau normal et le professeur G. décida que je pouvais retourner à l'hôpital de rééducation.

Ce fut pour moi une grande joie. Cette opération était la dernière, la plus dure que j'aie subie parce qu'elle avait été réalisée en dehors de l'environnement comateux. Mais j'avais surmonté ce que je croyais être un dernier obstacle.

Au lendemain de ce retour, je fis grand usage du téléphone. J'appelai tous les amis que je pouvais trouver chez eux ou à leur travail pour leur dire la joie que j'aurais de les rencontrer bientôt. Une amie m'avait apporté une bouteille de sauternes. Alors que j'avais perdu toute appétence, l'attrait pour ce vin doux fut le premier signe d'un retour du goût. Je me laissai aller à boire un peu d'alcool et, devant ma bonne humeur, le professeur M., qui m'avait opéré de l'abdomen, fit honneur à la bouteille en compagnie du docteur T., le médecin chef de l'hôpital de rééducation.

Quelques jours plus tard, je commençai à sentir des démangeaisons dans ma toute neuve cicatrice et ma température monta. Le surlendemain au matin, je fus de retour à la Pitié.

# Une épreuve de trop, juin 2001

Nul n'ignore qu'en France, et surtout à Paris, il est très dangereux de tomber malade dans les périodes de vacances. Beaucoup de médecins, et presque tous les spécialistes de quelque renommée, s'absentent simultanément. Dans les hôpitaux, on ferme les salles en grand nombre. Les grands « patrons », ou du moins beaucoup d'entre eux, ne toléreraient pas de ne pas retrouver à leurs côtés à la rentrée leurs assistants les plus utiles. Ces derniers partent donc souvent en vacances en même temps qu'eux. La désorganisation des services est générale. Il en va de même pendant les grands week-ends de printemps. C'est ce que j'eus à expérimenter. En cette veille de Pentecôte, je fus introduit pour la troisième fois au sein du service de chirurgie digestive. Le diagnostic préalable y fut le fruit d'une sorte d'automatisme. Puisque j'avais été ramené déjà deux fois précédemment dans ce secteur de l'hôpital du fait d'une inflammation intestinale, il ne pouvait, cette fois, en être autrement.

Un homme en bleu vint me visiter peu après mon arrivée. Il paraissait très soucieux, presque angoissé, mais il avait aussi quelque chose de furieux dans l'expression. Ses cheveux gris frisés étaient dressés sur sa tête à la manière qui fut celle des héros maléfiques des films expressionnistes allemands. Et comme pour inquiéter encore un peu plus, comme pour souligner la ressemblance avec les « docteurs » Mabuse et Caligari, sur sa blouse était inscrit un nom exotique. Il planta dans mes yeux son regard gris, violent comme celui d'un possédé et affirma : « Tout indique que vous faites encore une poussée de diverticulite. Votre vie est en danger, je vais devoir vous opérer. » Puis, comme à regret, il indiqua qu'il faudrait procéder à un examen supplémentaire avant de passer à la chirurgie. Il s'agissait de l'une de ces investigations abdominales qui ne peuvent être accomplies qu'en infligeant au patient l'ingestion de plusieurs litres d'eau en l'espace de quelques minutes. J'avais déjà subi à deux reprises cette épreuve qu'il serait exagéré d'appeler un supplice mais qui représentait un mélange savant de gêne et d'humiliation. Pourtant, ce jour-là, je fus saisi par une combinaison de résignation et de soulagement. Pendant le temps que je passais à un autre étage, j'échappais au moins à la main du savant fou qui voulait m'éventer une nouvelle fois afin de vérifier la réalité de ses conjectures.

Lorsque je fus ramené à l'étage des urgences, la situation se détériora néanmoins encore un peu. Plusieurs prélèvements sanguins avaient été ordonnés comme il se doit dans ce genre de circonstance. À peine avais-je été remis au lit que je vis s'avancer vers moi une jeune femme ravissante aux yeux très doux, aux cheveux noir bouclés. J'augurais très exactement ce qui allait se produire. Mes veines avaient été durcies par les innombrables produits qui y avaient été répandus. À l'hôpital de rééducation, j'avais obtenu que ce fût toujours la même infirmière qui me piquât. Cette dernière, après plusieurs échecs, avait acquis un tour de main qui lui permettait presque à coup sûr de faire pénétrer l'aiguille là où elle devait entrer. Il est possible que, ce jour-là, devant l'inexpérience évidente de cette presque adolescente, la crainte ait fait contracter tous les tissus de mon corps. Il se produisit évidemment ce que j'avais pressenti. Trois fois l'aiguille pénétra dans ma chair et trois fois elle glissa sur la veine. La douleur n'était pas intense, mais son aspect répétitif la rendait odieuse. Je me fis suppliant vis-à-vis de la belle. « Mademoiselle, lui dis-je, vous êtes ravissante, je sens que vous êtes pleine de bonne volonté, mais je vous en prie, cessez vos tentatives. » Je vis les larmes monter aux yeux de la gamine. Je m'en voulus un instant d'avoir été si précis dans mon reproche. Mais l'instant d'après, je vis avancer vers moi une autre donzelle dont l'âge disait qu'elle ne pouvait pas être beaucoup plus expérimentée. À la troisième tentative infructueuse, je l'interrogeai sur ses études. Elle me dit qu'elle était en train de terminer la première année de son école d'infirmières, comme sa collègue que j'avais vue quelques instants auparavant. Je crois lui avoir demandé avec assez de douceur d'interrompre ses essais et de faire appel à une praticienne ou à un praticien plus expérimenté. Je ne me doutais pas qu'en agissant ainsi j'allais provoquer une tempête dont je serais la première victime. S'engagea presque aussitôt dans la pièce qui m'avait été assignée une femme fort revêche aux cheveux gris, à la coiffe en bataille, l'air en colère et plein de reproche. Elle s'en prit à moi en déclarant qu'il était absolument nécessaire que les élèves s'exercent sur des malades, que je n'étais capable de faire montre d'aucune sensibilité à l'égard du souci que représentaient ces jeunes femmes et qu'il était bienheureux que les autres ne fussent pas comme moi. Je répondis à cela aussi doucement que je le pus, car je me savais en état d'infériorité, que je n'étais pas un malade mais un accidenté, que cela faisait trois mois que je hantais les couloirs et les chambres de cet hôpital, que j'avais subi de très nombreuses opérations et que mes veines étaient durcies pour les raisons que j'ai déjà dites. J'ajoutais avec encore plus de précautions qu'il serait peut-être préférable que je me fisse piquer par une infirmière ayant plus de pratique. À ces mots, je vis son visage s'illuminer. Sa satisfaction était immense. Il ne lui fallut guère plus d'une minute pour revenir porteuse de la seringue et de l'aiguille adéquate. « Je suis une abeille ! s'exclama-t-elle. À peine avez-vous entendu mon bourdonnement que je vous ai déjà piqué. » Et de fait, elle imita ce son et planta son aiguille dans le bras qui avait été épargné par ses jeunes collègues. L'instant d'après, je vis la déception affecter ses traits déjà habituellement peu réjouis et je compris qu'elle aussi avait échoué à trouver la veine.

Je n'en avais pas fini des travaux de l'abeille. Elle revint à l'attaque en utilisant d'autres voies. « Je vais procéder, déclara-t-elle, à une anesthésie locale. » Puis elle inséra une pointe plus fine dans la chair, à proximité du vaisseau qu'elle se proposait de transpercer l'instant d'après. La deuxième tentative ne fut pas plus fructueuse que la première, je ressentis la même douleur ou une autre approchante. Je me dis à moi-même, mais sans prononcer la phrase à voix haute, que l'anesthésie n'avait guère été efficace. Le troisième essai, effectué en force, avec une aiguille encore plus menue que les précédentes, connut enfin le succès. Cependant, à cause de la taille très réduite de l'instrument, la ponction fut plus longue qu'à l'habitude. Je me gardai de me plaindre, redoutant des représailles masquées, mais quand la femme triomphante, ses tubes sanglants à la main, quitta ma chambre, je ne pus m'empêcher de pleurer. Je ne fondis en larmes que quelques instants. Très vite, celles-ci firent place à des sanglots secs et hoquetants. Pour la première fois depuis l'accident, je désespérai de l'avenir. Je n'avais devant moi, me semblait-il, que la perspective de douleurs sans cesse renouvelées, d'opérations chirurgicales en cascade, d'infections innombrables, d'allers et retours sans fin entre la rééducation et le sous-sol consacré aux urgences.

Il ne m'est pas agréable au moment où j'écris de revivre ces moments. Ils furent ceux d'un effondrement total de tout ce que j'avais été auparavant. Autant que le coma et peut-être plus, ils me rapprochaient de l'autre côté de la vie. Cette période de détresse fut marquée en outre par une grande lâcheté. Peut-être alerté par mes gémissements, un infirmier se présenta. Je lui posai très précisément la question suivante : « N'auriez-vous pas une petite pilule pour me faire passer de l'autre côté ? » Incrédule, il me fit répéter. Puis, hagard, ayant enfin acquis la certitude d'avoir bien compris, il me répondit : « Ce n'est pas cela qu'on nous a appris... Je ne suis pas là pour ça. » En prononçant ces paroles de façon saccadée, il eut un mouvement de recul, puis il se précipita hors de la pièce.

Mais ce ne fut pas le seul moment où je perdis tout sens. Exceptionnellement, Geneviève ne se trouvait pas à mes côtés. Alors que sa présence avait été constante, attentionnée, tendre et patiente, il arriva qu'au moment le plus critique de ma longue hospitalisation, elle n'était pas là. Avec ce que je jugeai par la suite être une injustice absolue, je lui en voulus de son absence. Catégoriquement, furieusement, sans rechercher la moindre explication, je m'acharnai sur elle qui m'avait accompagné avec courage et fermeté, douceur et patience, sans jamais céder au désespoir, ce que je faisais à ce moment. J'étais seul, mais une colère inique contre ma femme m'habitait. Le niveau de cette colère avait commencé à baisser quand Geneviève fit sa réapparition. Son beau visage était tendu par l'inquiétude. Elle espérait, de façon un peu prématurée, connaître le résultat des examens. Du fond de ma détresse, je ne voulus pas savoir ce qu'il y avait d'amour dans les allées et venues constantes qu'elle s'imposait entre la maison et l'hôpital, dans la fréquence des visites qu'elle me rendait. À cet instant précis, je n'ai pas imaginé que j'aurais pu comprendre qu'elle ne fût pas à mes côtés dans les heures terribles que j'avais vécues. La honte m'empêche de me remémorer les propos que je lui ai tenus.

Tout ce que je sais, c'est que j'avais grand besoin

de faire mal à celle qui m'aimait afin qu'elle manifestât à travers sa douleur l'amour qu'elle ressentait pour moi. C'est une curieuse et cruelle situation que celle où un homme qui aime une femme veut la faire souffrir autant qu'il peut pour s'assurer qu'elle vit à travers lui, qu'elle a mal à sa douleur. C'est une circonstance barbare que celle où l'aimé tient la douleur qu'il inflige pour une garantie que l'on est attaché à lui, où le déchirement qu'il provoque chez l'amante n'a d'autre but que de le rassurer sur le fait qu'un être veut le garder. Si je peux faire du mal, me disais-je à ce moment, c'est que l'on m'aime. Et si l'on m'aime, alors j'ai au moins une raison de ne pas mourir. La scène ne fut pas violente mais atroce. J'ouvrais des blessures dans le cœur et dans l'esprit de Geneviève et je les fouaillais. Je ne me lassais pas, pendant de longues minutes, de lui faire du mal. Et plus elle se tordait sous les mots parfois vides de sens que je lui assénais, plus l'espoir renaissait en moi d'un retour à la vie. Si elle souffrait de ma cruauté, c'était la preuve qu'elle m'aimait. Et toute autre personne qui n'eût pas souffert autant n'eût pas pu m'aimer de la même manière.

Tout cela est bien difficile à relater aujourd'hui. Confus dans ma mémoire. Et tout à fait détestable.

Cette scène intime fut interrompue par l'arrivée d'un homme en vert, souriant et affable. Il était venu ausculter la plaie à peine cicatrisée qui était issue de ma précédente opération. Celle-ci faisait l'objet de fortes suspicions. En appuyant du pouce sur certains points, il provoqua non seulement des douleurs mais aussi une sorte de démangeaison à laquelle je ne m'attendais pas. Peut-être eussé-je dû souffrir, mais ses gestes étaient effectués avec tant de douceur, avec un tel souci de ne pas me tourmenter que je lui en eus beaucoup de reconnaissance. Je me sentis encore un peu mieux quand le docteur Caligari fit sa réapparition, vaguement penaud, pour me dire que l'exécution de ses projets était remise à plus tard.

Dans l'après-midi ou la soirée, l'homme en vert, le docteur L., revint me voir pour me confirmer que la cicatrice s'était infectée et qu'il la rouvrirait le lendemain pour la nettoyer. Cela ne me causa pas de nouvelle angoisse. Le temps de la désespérance était passé.

Je me souviens encore d'un épisode. Le matin du jour suivant, je fus amené au bloc opératoire. Le médecin anesthésiste m'injecta avec une grande dextérité le produit qui allait me permettre de subir cette nouvelle intervention sans souffrir. Je ne sais plus si celui-ci était destiné à m'endormir ou non, mais je fus transféré encore très conscient sur la table et là, à la surprise des hommes et des femmes en vert penchés vers moi, je me lançai dans une invocation dont je ne sais l'effet qu'elle fit, mais dont le prononcé me parut sur l'instant impératif. En tout cas, je n'en eus nulle honte et c'est pourquoi je vais le répéter maintenant. « Mon Dieu, dis-je d'une voix qui voulait être forte et qui ne l'était peut-être pas du tout, guide la main des chirurgiens. En ce jour de Pentecôte, je te prie de faire en sorte que le malheur soit épargné à ma femme Geneviève et à ma fille Camille. Je m'en remets à toi. »

***

## *Un aller-retour*

Ma prière, alliée à la compétence et à l'habileté du docteur L., m'a pour un temps tiré d'affaire. Je suis autorisé à retourner à l'hôpital de rééducation. Mais Geneviève apprend que ma chambre, entre-temps, a été donnée à une patiente recommandée par un ministre. Les médecins de la Pitié, après quelques conciliabules, m'accorderont donc à la mi-juillet une démobilisation provisoire.

# Hallucinations, septembre 2001

Il est vraiment très dur de se réveiller. Voilà un point commun à l'opéré et à l'homme au travail. On ne veut pas. Votre corps tout entier s'y refuse. Votre esprit, embrumé des vapeurs de l'anesthésique ou du sommeil, ne l'y pousse pas. Prendre conscience, revenir à soi, est une épreuve à laquelle on ne s'habitue pas. Le monde est rude. Le sommeil dans lequel vous vous trouviez était un cocon de calme. Vous ne voulez pas vraiment en sortir. Et puis, le retour au monde n'est que souffrance. Je m'éveille difficilement. Je ne retrouve pas le souvenir des heures écoulées. Le moindre mouvement m'arrache des gémissements que je m'efforce d'étouffer. Même rester immobile est intolérable. Le professeur M. est venu m'expliquer le fonctionnement de la pompe à morphine. Quand la douleur est trop vive, il faut presser un bouton situé à l'extrémité d'une poire qui pourrait être ailleurs un interrupteur électrique. Ce geste permet de libérer la drogue dans mes veines. Il m'est dit de ne pas m'inquiéter. Je ne peux pas dépasser une dose de sécurité car, au-delà de trois pressions trop rapprochées, la machine se rebelle et ne dispense plus l'anesthésique avant plusieurs minutes. Il est donc demandé aux opérés de savoir doser l'administration du produit. Les médecins ne veulent pas que je souffre trop. Il paraît que la douleur est un facteur négatif pour la guérison.

Je ne dois pas être un très bon malade parce que j'ai mal. Mal en permanence. La souffrance ne s'apaise jamais complètement, malgré la morphine. Encore plus mal par moments. Quand je tousse ou lorsque je respire trop fort. Parce que c'est, une nouvelle fois, de l'intestin qu'on vient de m'opérer.

***

L'infection résistait aux multiples cures antibiotiques que l'on m'avait administrées. Les médecins m'ont donc relâché un mois, avec pour consigne impérative de me précipiter chez eux au moindre signe de fièvre. Je me suis d'abord rendu chez un ami. Et là, sous le soleil de Provence, j'ai connu une brève résurrection. Un matin, après le petit déjeuner, je suis entré dans la piscine, descendant d'abord laborieusement l'escalier avec mes cannes. Puis, j'ai pris de l'assurance. J'ai passé l'une de celles-ci à Geneviève. J'ai continué d'avancer, d'abord un peu incertain de moi-même, cramponné à la poignée de la seconde. Ensuite, plus confiant au fur et à mesure que je m'immergeais. Enfin, me sentant mieux, j'ai laissé tomber dans l'eau ce dernier appui. J'ai avancé tout doucement le pied droit afin de retomber, à l'issue du mouvement, sur ma bonne jambe. À ce moment, pour autant que je m'en souvienne, j'aurais été bien incapable de dire si le ciel était bleu ou noir, si les cigales chantaient, s'il y avait du monde autour de la piscine.

J'étais plongé avec la plus extrême concentration dans l'accomplissement d'un geste extraordinaire pour le malade que j'étais, faire un pas. J'en fis trois : un pas en avant, un pas de côté, un pas en arrière. Et puis, j'entrepris de me lancer doucement, très doucement, dans l'aventure de marcher. Marcher, cela consiste à enchaîner des pas. Ce qui signifie que, lorsque le pied droit s'est posé en avant du gauche, il faut soulever la jambe qui est restée en arrière et la projeter avec précaution au-delà du pied droit. On se trouve à ce moment-là en situation de déséquilibre, donc de danger. Mais quand le mouvement est terminé, on en ressent, j'en ai ressenti, une grande satisfaction. C'est alors qu'on se risque, que je me suis risqué à répéter le mouvement sans marquer de temps d'arrêt sur le pied droit, celui de la jambe valide. En quelques secondes alors, il ne fit plus de doute que l'événement impossible jusque-là s'était produit. J'ai encore pris le temps de remonter avec mon meilleur pied la béquille qui se trouvait au fond de l'eau, de la saisir puis de la brandir et j'ai crié sans me soucier de savoir qui était là : « Jésus a marché sur les eaux, moi, je marche dans l'eau ! » Cet instant de triomphe fut de courte durée. La chaleur de l'été était accablante. Le début du mois d'août fut extraordinairement fatigant. J'avais présumé de mon énergie et de mes forces. Je m'étais lancé dans une traversée de la France dont je ne retiens rien d'autre que le nombre d'heures passées en voiture, que l'envie que j'avais de voir chacune de ces étapes s'achever, que la lourdeur de la température qui m'écrasait sur mon siège. Je me suis réfugié des après-midi entiers dans des maisons aux persiennes soigneusement closes, dans des pièces que j'aérais tôt le matin afin que la fraîcheur s'y installe et dont je refermais ensuite les volets pour qu'elle y persiste le plus tard possible dans la journée. De l'extérieur me parvenaient des cris d'enfants et des rires de femmes qui témoignaient d'une vie qui n'était pas la mienne. Je n'acceptais qu'avec beaucoup de réticence que l'on ouvrît une porte du salon dans lequel je m'étais claquemuré. Je disais qu'il fallait prendre garde à ne pas laisser la chaleur pénétrer, mais aujourd'hui je me demande si ce n'était pas du monde de l'extérieur que je me méfiais ainsi.

On m'a ramené à Paris plus que je n'y suis revenu.

L'opération que je devais subir serait la dernière, m'avait-on dit. Je ne l'ai pas redoutée. Ma confiance dans les médecins de la Pitié, malgré l'épisode du docteur Caligari, était absolue. Je ne craignais qu'une chose : les aiguilles que l'on enfonçait dans ma chair pour y trouver des veines durcies.

Aussi, quand l'un de ces médecins, qui ont pour terrible tâche de vous endormir et surtout après de vous réveiller, a trouvé la veine qu'il recherchait à l'orée de cette opération, je n'ai pas pensé un instant aux risques que celle-ci entraînait, ni même au fait que si tout se passait bien j'en ressortirais un peu plus mutilé, un morceau de moi jeté dans une poubelle d'hôpital ou donné à étudier à des carabins plus ou moins intéressés. J'ai simplement été reconnaissant à cet homme d'avoir accompli son geste à la perfection.

***

Les consignes sont simples. Si j'ai envie de tousser, je dois appuyer mes deux mains sur le ventre afin de contraindre les mouvements. Si je veux me soulever un peu sur mon lit, je ne dois surtout pas le faire seul mais demander de l'aide. La plus infime tentative de reptation entraîne aussitôt des élancements qui me rejettent au fond de ma cage. Si je souffre trop, je dois appuyer sur la poire et la drogue m'apaisera. J'ai à l'esprit ces instructions en me réveillant pour la troisième fois depuis le début de la nuit. Je dis et j'écris la troisième mais pas plus que les enfants qui souffrent dans leur corps ou dans leur nostalgie, je ne serais capable d'énumérer les interruptions de sommeil. Cette fois, en tout cas, il fait jour. Et l'on est même en train de nettoyer ma chambre. Cela se fait, comme dans tous les hôpitaux, avec la serpillière et le seau. D'abord, je ne vois qu'une forme féminine dans une blouse de couleur pâle qui s'active au pied de mon lit. J'aperçois ensuite des cheveux bruns, bouclés, coupés à mi-longueur. Un œil au regard inquiet posé sur moi. Et je m'étonne. Cela ne peut être que ma cousine Claire. Pour m'en assurer, je tente de l'interpeller. J'essaie d'articuler : « Bonjour, Calou ! » La sonorité est rauque et gargouillante. La femme me répond, peut-être un peu étonnée, mais ne dément pas. « Bonjour ! » Il ne peut donc plus y avoir de doute, c'est bien elle. Je m'en étonne. Je tente de faire comprendre les deux phrases suivantes : « Mais Calou, qu'est-ce que tu fais là ? Tu as trouvé un nouvel emploi ? » Le bruit que je produis doit être inquiétant, je comprends seulement que je ne peux pas parler. Ma cousine se relève stupéfaite. Ce n'est pas elle. Elle n'est pas si brune. On ne m'en veut pas mais on s'en va. J'ai dû faire peur. Je ne comprends pas. La femme brune vient reprendre son seau. Elle est plus jeune que Claire. Elle s'esquive. Désormais, la porte du couloir restera ouverte. L'infirmière m'explique que c'est pour le cas où je ne parviendrais pas à saisir la sonnette attachée à la tête de mon lit. Ainsi, je pourrai appeler pour qu'on vienne m'aider. Mais je ne peux m'empêcher de penser que je suis ainsi placé sous surveillance.

***

Tousser est un moment d'épreuve. À un double titre. D'abord, il y a ce hoquet qui déchire les muscles du ventre tranchés et recousus pour la deuxième fois par le professeur M. et qui mettront plus longtemps qu'après la première opération à se recoller. Et puis, une sensation de percussion inquiétante et pénible à l'intérieur de l'estomac. C'est la sonde que l'on m'a enfilée par le nez et qui vient en toucher la paroi. C'est cela qui m'inquiète, parce que la douleur de l'abdomen m'est maintenant connue. Ce tuyau, à force de gratter, ne va-t-il pas provoquer une ulcération et pourquoi pas une hémorragie ? Chaque fois que je le sens, j'ai l'impression que c'est un peu de ma vie qu'il me prend.

Geneviève est là. Elle s'informe. La sonde restera. Pour quelqu'un à qui on a enlevé un morceau d'intestin, c'est la procédure normale. On ne reviendra pas là-dessus. Tout au plus peut-on me promettre de la retirer dès que le danger qu'elle prévient sera écarté. Je n'en saurai pas plus. Du reste, je ne le désire pas. Quand on dépend entièrement, comme c'est mon cas, des soins qui vous sont prodigués, on ne discute pas du bien-fondé de telle ou telle mesure.

Geneviève attire mon attention, pour me distraire de mes pensées uniquement centrées à ce moment sur mon état, sur le sort d'un garçon qui occupe la chambre située de l'autre côté du couloir. Il fait l'objet de soins attentifs de la part de parents toujours présents. Ceux-ci se succèdent auprès de lui. Les médecins du service aussi. L'inquiétude que suscite l'évolution de sa santé est perceptible. Geneviève me dit qu'il a été opéré peu de temps avant moi mais que, d'après les conversations des infirmières, le pronostic n'est pas très bon. Je ne parviens pas vraiment à m'intéresser au sort des autres.

Est-ce à force de réclamations, ou bien parce que le temps en est venu ? On m'enlève aujourd'hui la sonde qui me gênait et m'angoissait tant. C'est un acte chirurgical, paraît-il. J'ai donc vu venir un homme en vert que je ne connaissais pas, qui m'a regardé avec un intérêt tout professionnel, sans compassion particulière. J'ai préféré ne pas tenter d'imaginer ce qui allait se produire. J'ai pensé que j'allais être libéré d'un peu de souffrance et surtout d'un appareillage qui me liait au lit de métal. À plusieurs reprises pendant la nuit, à demi éveillé et ne supportant plus d'être prisonnier, j'ai essayé de me lever. En une occasion au moins, je suis arrivé à passer par-dessus les barreaux destinés à me confiner. Mais un tintamarre effrayant s'est aussitôt déclenché. Couinements désespérés des machines qui avaient perdu le contrôle de ma personne, sonneries dénonciatrices, sifflements d'alerte se bousculaient en écho dans ma chambre. Aucune de ces sonorités ne voulait en laisser une autre prendre le dessus. Il s'est alors produit l'inévitable et le souhaitable : une infirmière puis un infirmier se sont précipités vers moi, précédés pour la première par un claquement répété de savates. Fermement et doucement, j'ai été prié de me recoucher. On a collé à nouveau des ventouses en caoutchouc sur ma poitrine et sur mon front. On a enfilé l'extrémité de mon index dans une sorte d'étui en caoutchouc qui est censé vérifier en permanence le rythme de la circulation sanguine mais qui était la cause de bien des soucis car, ayant du mal à tenir sa proie, il protestait désagréablement quand cette dernière lui échappait. On a vérifié le système de perfusion que j'avais arraché dans ma précipitation embrumée. Et puis, on m'a intimé paternellement l'ordre de me recoucher et encouragé à appuyer sur la pompe à morphine pour aider à mon endormissement. J'avais appris à détester cet envahissement de mon corps et de mon esprit par la drogue, mais parfois la douleur était si lancinante que je cédais aux conseils souvent répétés du personnel hospitalier. Si je toussais, la douleur était vive mais brève. Une petite dose supplémentaire de morphine aidait à en faire baisser l'intensité. Pourtant, la sonde toujours présente attaquait l'estomac de son extrémité.

Je ne me souviens plus de la façon dont celle-ci a été retirée, mais je sais que j'en ai ressenti un immense soulagement. Un peu plus tôt dans la matinée, j'avais vu passer Geneviève puis Armelle à deux reprises dans le couloir. Pour une raison qui m'échappait, toutes deux avaient fait mine d'ignorer ma présence. Je n'avais pu les appeler à cause de la sonde. Maintenant que celle-ci était enlevée, j'allais réapprendre à parler, à appeler de vive voix, à ne plus dépendre uniquement d'un bouton, à me plaindre, à me réjouir d'un instant de soulagement, à remercier avec l'effusion nécessaire afin que le personnel comprenne que c'était à un être humain qu'il avait affaire et non pas seulement à un amas de chair souffrante. Comment pouvez-vous faire admettre que vous êtes un « bon malade » si vous en êtes réduit à des mimiques et à des gestes pour communiquer vos besoins et vos sentiments ? Une opération comme celle-là vous renvoie à ce que peut sentir et vivre celui à qui la parole a été volée parce que ses cordes vocales ont été endommagées. Toutes ces invalidités hospitalières, ces séquelles d'accident ont un grand avantage : à condition qu'on sache en apprendre la leçon, elles vous rendent plus humain. Elles vous aident à comprendre, à ressentir ce que vit celui qui se déplace en fauteuil roulant quand il se trouve devant les escaliers du métro, l'angoisse de cet autre qui a besoin de cannes anglaises lorsqu'il doit se hisser dans un autobus et y rester debout malgré les coups de frein brutaux qu'impose le conducteur à son engin, ou encore la difficulté d'être qu'un troisième peut ressentir quand il entend ceux qui l'entourent parler de lui et qu'il ne peut pas leur dire qu'ils se trompent, que son état n'est pas si mauvais que cela ou que l'oncle n'est pas passé le voir au contraire de ce qu'ils croient. De ce point de vue-là, j'ai eu de la chance de subir cet accident.

Geneviève s'est présentée en début d'après-midi et j'ai enfin pu lui parler. Dès qu'elle est entrée dans ma chambre, je lui ai demandé pourquoi elle était venue le matin à l'hôpital sans daigner s'adresser à moi, sans même jeter un regard vers mon lit et pourquoi Armelle s'était également déplacée. Elle a eu l'air sincèrement étonnée de mes propos, m'a affirmé qu'elle n'avait pas mis les pieds dans le bâtiment plus tôt dans la journée et qu'Armelle, pas plus qu'elle, n'avait pu être là. J'ai conçu de ces mots un grand étonnement et aussi un peu de suspicion. Se pourrait-il donc que Geneviève soit passée ce matin pour rencontrer le professeur M. et que ce dernier n'ait pas voulu que me soit communiqué, à moi, l'essentiel de mon état ? Elle me ment. Mais pourquoi me mentirait-elle ?

Dans le silence un peu inhabituel de l'hôpital, un chuchotement peiné parvient presque dans ma chambre. J'indique à Geneviève que l'on entend ce qui se dit chez mon malheureux voisin. On l'entend mais on ne le comprend pas. Le niveau de la parole est trop faible pour cela et les mots sont insuffisamment articulés, mais même cette restriction ne convainc pas ma femme. Elle est assise sur le lit, visiblement pensive. Un moment, elle a tourné le visage vers le couloir. Elle faisait penser à un chat dont les oreilles seraient dressées vers l'avant pour tenter d'identifier une menace potentielle. Puis elle s'est un peu affaissée et a posé sa main devant sa bouche dans une sorte de posture de doute.

Derrière cette main, j'ai vu ses lèvres bouger, et

j'ai cru l'entendre articuler : « Espèce de con, con, con, confiture, confiture... » Je lui ai demandé pourquoi elle m'interpellait ainsi. Elle a ri. Elle n'avait pas parlé. Nous ne connaissions pas beaucoup de moments heureux. J'ai été interloqué et pour ne pas perdre la face, j'ai souri.

***

Pendant deux nuits successives, il se produisit dans ma chambre des événements étranges comme aucun hôpital n'aimerait avoir à en connaître. Dans le courant de la première de ces nuits, je me réveillai en sursaut, alerté dans mon sommeil par un ronflement sonore. Je découvris avec stupéfaction que dans l'espace laissé libre entre mon lit et la fenêtre quelqu'un avait glissé un couchage rustique sur lequel un Noir à l'aspect plutôt paisible dormait tranquillement mais aussi ronflait en toute sérénité, en toute sonorité. Je m'inquiétai un moment de cette présence inopportune. J'étais encore relié à plusieurs appareils et je craignais fort que quelqu'un de mal disposé ou d'ignorant ne commette l'erreur ou n'ait la sottise de débrancher ces cordons électriques. Après une courte observation, je me rendormis. L'occupant illicite de ma chambre n'avait vraiment pas l'air menaçant. Les aventures de la nuit pourtant ne faisaient que commencer. Une ou deux heures plus tard, je fus tiré de ma torpeur par des bruits cahoteux et par la douleur que ces mouvements déplaisants imprimaient à mon ventre. La chambre n'était plus éclairée que par une minuscule veilleuse. C'est pourquoi il me fallut un peu de temps pour constater l'invraisemblable. Le personnel avait profité du fait que je dormais pour me déplacer. J'avais été emmené dans une partie plus ancienne de l'hôpital. Le sol était fait de parquet rougi par l'eau de Javel, comme les salles de classe de mon enfance. Les murs étaient peints en bleu comme à Alger.

En face de moi se dessinait dans l'obscurité la porte du cabinet de toilette partagée avec le(s) occupant(s) de la chambre suivante. La porte en était ouverte. Je ne manquai pas de m'inquiéter car il m'apparut avec certitude que ma chambre était la dernière à être occupée le long d'un couloir aux murs lépreux, à l'éclairage blafard. Au-delà, il n'y avait, je le savais, que mobilier abandonné, poussière, souris et cafards. Et peut-être une menace inconnue. Les hôpitaux sont des endroits où l'on détrousse les malades impuissants, surtout lorsqu'ils sont comme moi attachés à leur lit par des tuyaux qu'ils ne peuvent arracher puisque ceux-ci les relient à la vie. Le ronfleur noir ne m'avait pas suivi, mais alors que je tentais de me rendormir, mon attention fut attirée par un sifflement qui naissait au-delà de la cloison à laquelle la tête de mon lit s'appuyait. Il fut bientôt évident que c'étaient là des sonorités émises par un autre dormeur. Je me saisis de la sonnette destinée à appeler le personnel de garde et appuyai longuement sur le bouton. Une lueur rouge dans le couloir m'indiqua que l'ampoule d'urgence s'était bien allumée. Mais, malgré des pressions répétées sur la poire, il fallut de longues minutes pour qu'une infirmière au visage inconnu se présentât. Elle m'expliqua que je n'étais isolé de la chambre contiguë que par une cloison en contreplaqué et qu'il était normal que l'on entendît dans cette partie du bâtiment les râles des mourants. Après un moment de réflexion, elle me confirma toutefois qu'au-delà de la pièce dans laquelle on m'avait transporté rien n'était plus occupé. Elle poussa une porte de communication que je n'avais pas remarquée et étouffa aussitôt son étonnement.

« Monsieur, que faites-vous là ? » interrogea-t-elle d'une voix irritée. Il ne s'écoula que quelques secondes avant que je ne vis sortir un homme grand, maigre, dépenaillé, aux cheveux blonds, hirsutes. Il ne balbutiait que quelques mots de français. Je le rangeai dans la catégorie de ces immigrés venus d'Europe centrale qui errent sur les trottoirs de nos cités pour trouver un abri. Celui-là avait cru le découvrir dans ce secteur inoccupé. Il se laissa emmener sans protester.

Le lendemain matin, je découvris que l'on m'avait ramené dans ma chambre. J'en conçus vis-à-vis du personnel une vive suspicion. Mes soupçons ne devaient pas tarder à se confirmer. La nuit suivante fut terriblement éprouvante. J'eus beaucoup de mal à trouver le sommeil. Dès mon premier réveil, je constatai que j'avais été de nouveau transporté dans la chambre éloignée. Je n'allais pas tarder à comprendre pourquoi. La lumière du cabinet de toilette avait été allumée, un mince rai jaune filtrait sous la porte et derrière celle-ci j'entendis des éclats de voix. C'était assurément des femmes qui se disputaient. Il y en eut une assez énervée pour ouvrir et affirmer qu'elle allait me prendre à témoin de cette discussion animée. Les deux autres eurent un moment de recul, comme si elles ne voulaient pas apparaître dans la lumière. Celle qui avait dévoilé la scène était une petite brune appelée Mireille, qui s'était occupée de moi avec beaucoup de douceur dans l'après-midi. Elle était très irritée par les autres et c'est le son de sa voix très haut perchée qui, sans doute, m'avait réveillé. Au cœur d'une extrême confusion, j'eus la présence d'esprit de m'étonner qu'une soignante de jour fût encore présente pendant la nuit. J'attribuai naïvement cela à un soin particulier que Mireille aurait voulu prendre de moi. L'attitude des deux femmes ne pouvait donc qu'être hostile à mon endroit. Dans ces conditions, il était plus sage de faire mine de dormir. Une blonde aux formes pleines, aux traits lourds, s'approcha de mon lit, suivie d'une petite noiraude dont j'eus du mal à discerner le visage. Comme elles étaient très près, je laissai doucement tomber mes paupières. Bien m'en prit car elles voulaient vérifier si j'étais bien endormi. La grosse blonde crut pouvoir l'affirmer après un rapide coup d'œil et, passant près de Mireille, elle lui dit à l'oreille, mais assez fort pour que je l'entende, qu'il y aurait dans cette affaire quelques comptes à régler.

Fut-ce une heure ou deux plus tard que je me vis à nouveau tiré de mon sommeil ? Je ne le sais pas et, sur le moment, je ne me risquai pas à le demander. Dans le couloir régnait une agitation tout à fait inhabituelle pour le milieu de la nuit. Des hommes passaient, parlaient aux femmes. Parmi eux, il y avait un brancardier à qui, dans la journée déjà, j'avais trouvé un air étrange et bactériologique. J'écris bactériologique plutôt que patibulaire car cet individu au teint livide, au dos voûté, était, j'en fus certain, affaibli par la maladie. Il parlait d'une voix plaintive et demandait à ses compagnons combien de temps ils allaient hésiter avant de lui permettre d'avoir assez d'argent pour se soigner. La lamentation était relayée sur un mode beaucoup plus énergique par la blonde aux traits lourds qui exhortait le petit groupe à penser pour une fois à d'autres qu'aux malades de l'hôpital. De ce fouillis d'affirmations, d'interjections et de protestations, je retirai d'abord surtout des impressions. Les uns tentaient de convaincre les autres de passer à l'action. L'issue de la controverse resta longtemps incertaine. Les voix étaient étouffées comme si personne n'était vraiment convaincu d'avoir raison, comme si tous craignaient d'articuler les arguments qui faisaient l'objet du débat. Mais un petit groupe s'annonça par des éclats de voix joyeux. Joyeux et triomphants. Un homme, en tête de ce petit cortège dont la suite m'était cachée par le mur de ma chambre, déclama un compliment en sortant d'un sac poubelle avec un geste ample deux petits objets qu'il brandit en direction de ceux qui l'avaient attendu. Aux cris d'émerveillement, je saisis qu'il s'agissait de montres de prix, aux marmonnements de respect plus discrets, qu'elles avaient été volées dans des chambres pendant que les malades étaient endormis. Jusqu'à cette arrivée, les partisans du vol n'avaient pas réussi à l'emporter sur ceux qui y étaient hostiles. Mais le récit de la simplicité avec laquelle ce larcin avait été effectué fit rapidement basculer la majorité en faveur de la poursuite du délit. Ceux qui s'y opposaient n'eurent plus la force que de regretter, et encore étaient-ils bien peu nombreux.

Le groupe de pillards décida de se répandre dans les couloirs et quelques-uns de ses membres commencèrent à s'ébranler dans la direction des salles plus modernes que celle où j'avais été relégué. Mais alors que les premiers d'entre eux venaient tout juste de parcourir quelques mètres, il monta de la cour des bruits de moteur, accompagnés de crissements de pneus. L'écho d'une sirène rebondit sur les bâtiments. Les pillards, figés un très court instant, s'enfuirent aussitôt vers la partie désaffectée du pavillon. Je ne comprenais pas comment la police avait pu être prévenue de ce qui se tramait à côté de ma chambre. Mais son irruption sonore eut pour effet de mettre fin aux tentations du moment.

Le personnel dont la présence était légitime à ce moment fut interrogé. Les autres participants à ce sinistre épisode étaient parvenus à s'enfuir. Avant que les policiers ne se présentent à la tête de mon lit, je préférai me rendormir.

Le lendemain matin, je constatai que j'avais été de nouveau ramené dans ma chambre. L'infirmière du matin m'assura que rien d'anormal ne s'était produit pendant la nuit. Au cours de la journée qui suivit, je surveillai avec suspicion le manège du personnel. Celui-ci me considérait avec une certaine inquiétude. Je compris seulement plus tard que j'avais été victime d'hallucinations dues à la morphine. C'est du moins ce dont je fus persuadé.

***

Il m'est arrivé au printemps, à la fin du mois de mars et dans le courant de celui d'avril, quand je sortais laborieusement, presque à regret, du coma, de me satisfaire d'être à l'hôpital. Par la baie vitrée, je voyais les averses s'abattre sur Paris. Les stations de radio diffusaient très souvent des avis d'inondation. Dans plusieurs quartiers de la capitale, les caves avaient été envahies par les eaux. Mes visiteurs arrivaient trempés. Le parking de l'hôpital était encombré de véhicules entassés en désordre. Les échos des embouteillages parvenaient jusque dans ma tour. Ceux-ci avaient, me disait-on, l'allure de batailles navales. La vie quotidienne de chacun en était perturbée. Quant à moi, je vivais avec la douleur et n'avais pas d'autre préoccupation. Il est assez facile, en fin de compte, de faire face à une épreuve de ce genre quand le reste de votre vie est pris en charge, quand nul autre souci n'assaille votre esprit, quand vous n'avez pas vraiment à assumer de décision.

Mais en ce mois de septembre, j'étais un peu moins serein. Peut-être était-ce parce que j'avais pu, pendant l'été, reprendre un peu d'activité, peut-être aussi parce que la vie m'était apparue compliquée et que, ne bénéficiant pas de la rupture du coma, je n'avais pu abandonner à la porte de la salle d'opération les inquiétudes du moment. J'avais retrouvé celles-ci au cours de vacances beaucoup trop tumultueuses, marquées par des cris de colère et de détresse. J'avais hâte que l'interminable litanie des opérations s'interrompît enfin. La seule consolation que je m'accordais était de constater à quel point, en ce mois de septembre, le ciel restait obstinément gris. De ce point de vue, je n'avais pas grand-chose à regretter dans le fait d'être hospitalisé.

Ce jour-là j'eus des visites matinales. Geneviève était bien connue dans tous les services qui m'avaient abrité et cela lui donnait quelques facilités. Elle était passée me dire que, contrairement à l'habitude, elle ne viendrait pas en début d'après-midi mais plus tard dans la soirée. Elle m'abandonnait donc à mon poste de radio. Dans les services de réanimation, la télévision était interdite. Pourtant, je suis persuadé d'avoir entendu (ou vu), cet après-midi-là, des événements extraordinaires. Est-ce à la radio ou à la télévision que j'ai appris qu'un avion civil s'était écrasé contre un gratte-ciel de New York, qu'il s'agissait là d'un accident sans précédent, que les victimes pouvaient se compter par centaines, puis qu'un autre appareil avait frappé une autre tour, qu'une succession de catastrophes de ce genre ne pouvait être due au hasard, que la plus extrême confusion régnait, la confusion et la panique, dans cette ville américaine ? Ai-je vu les images de cette ou de ces collisions, du feu qui dévorait les étages touchés et puis des immeubles qui s'effondraient dans un grand fracas de poussière comme si une bombe géante avait touché Manhattan ? Deux ans plus tard, j'en étais persuadé, même si Geneviève maintient que je n'étais aucunement autorisé à disposer à ce moment d'une télévision. Peut-être la mémoire prend-elle du plaisir à jouer avec l'ordre chronologique des souvenirs. Peut-être la mienne rapporte-t-elle à cet instant des images que je n'ai vues que beaucoup plus tard.

Ce jour-là, en tout cas, j'oubliai pendant quelques

heures la douleur. Pour avertir les infirmières de ce que je venais d'entendre, je parvins même à me dresser en position assise en m'aidant des barreaux du lit. La première qui passa dans le couloir perçut mon agitation. Quand je lui expliquai qu'un avion de ligne – peut-être deux – avait percuté le World Trade Center, elle eut un air sincèrement peiné. Sur le moment, je crus que la nouvelle l'avait bouleversée, mais il s'avéra quelques instants plus tard, quand elle revint avec le médecin de permanence, que sa consternation s'appliquait à ma conduite. Le médecin me fit répéter ce que je croyais avoir appris. Son scepticisme me fit comprendre qu'il était persuadé que mes sens avaient été une nouvelle fois abusés par la morphine. Il se retira, soucieux, en m'assurant qu'il allait bientôt revenir. L'infirmière montait la garde près de la porte. Je la voyais de temps en temps jeter un coup d'œil inquiet dans ma direction. Par chance, on m'avait autorisé le téléphone. Celui-ci se trouvait à l'extrémité d'un bras articulé. Je l'amenai à moi et pus entrer en communication avec le monde extérieur où l'on me confirma que je n'avais pas été, cette fois, victime d'une hallucination. Je demandai à mon interlocuteur de certifier à mes gardiens que le drame avait effectivement eu lieu, ce qui m'acquit un peu plus de bienveillance de leur part.

Voilà comment j'ai vécu le 11 septembre 2001, un jour où il ne fut pas possible de démêler les hallucinations de la réalité.

Quand on m'autorisa à sortir de l'hôpital en cette fin de septembre 2001, je voulus croire que je n'aurais plus jamais à retourner entre les murs crème ou jaunâtres de ces chambres qui recueillent tant de plaintes, de gémissements, de râles et de souffrances. Je voulus le croire, mais je fus incapable de m'en persuader. La souffrance était devenue une compagne dont je ne pouvais me séparer. J'étais incapable de regarder mon corps sans un intime dégoût. Il portait une majorité de cicatrices propres, nettes et claires, mais une immense balafre creusait mon ventre de l'estomac jusqu'au sexe. Elle s'enfonçait dans la chair, plongeait profondément dans ce qui restait de gras sur l'abdomen, paraissait vouloir coller l'épiderme aux parois intestinales. Le travail chirurgical avait été très soigneusement effectué car la ligne qu'avait découpée le scalpel à deux reprises sinuait à proximité du nombril en l'évitant. Mais je ne pouvais m'empêcher de contempler sans répugnance les traces de cette opération qui allait faire de moi à jamais un invalide. L'invalidité ne se lit pas seulement comme une difficulté ou une impossibilité à se mouvoir, à entendre ou à voir, mais aussi comme tout élément qui entrave votre liberté et votre dignité.

Pour me sauver d'une hémorragie intestinale qui menaçait ma vie, le chirurgien avait dû me raccourcir l'intestin grêle et le côlon. La seconde opération, celle que je venais de subir, avait été un succès sur lc plan de la technique chirurgicale, mais elle mit au jour un échec de l'imagerie médicale.

C'est seulement à l'occasion de cette dernière intervention destinée à enlever un large morceau de côlon qu'un examen révéla que les inflammations intestinales, les poussées de fièvre qui m'avaient ramené à trois reprises à l'hôpital n'étaient pas dues à une « diverticulite » mais à la présence d'un abcès qui était en voie de perforer la cloison intestinale. L'opération était indispensable, mais pas pour les raisons qu'avaient cru discerner les examens radiologiques. J'étais raccourci mais vivant.

# Un adieu

Au mois d'octobre, tout à la honte d'un corps que j'estimais être dans l'état de décomposition qui mène à la mort, à l'horreur d'un moi qui exsudait déjà la pourriture en devenir, je cherchais refuge à la campagne, d'abord en Bretagne, chez des amis, puis dans l'Aude, chez ma cousine Claire. Je ne prenais que très peu de plaisir aux dîners que l'on organisait pour moi et pour Geneviève. Je poursuivais avec constance une rééducation dont je ne savais pas bien si elle mènerait plus tard à une amélioration notable de mon état. Mais je n'avais aucune envie de rentrer à Paris. Il me faut ici avouer que lorsque je reçus le premier coup de téléphone de l'hôpital Broca m'informant que ma mère était entrée dans le coma, j'écartai l'idée de prendre le premier avion. Je me saisis du prétexte qui m'avait été offert par la surveillante : le coma était « léger », il n'y avait pas d'alerte grave, pas de risque dans l'avenir immédiat. La fin était inéluctable, elle l'est pour chacun d'entre nous. Mais dans le cas précis, elle était annoncée et différée d'année en année. Atteinte par la maladie d'Alzheimer, sans doute depuis très longtemps, mais qui ne se révéla aux médecins et aux proches qu'à l'occasion du décès de mon père, ma mère avait d'abord été maintenue chez elle, puis, ayant perdu toute capacité autonome, hospitalisée à Broca où elle avait fait montre d'une ténacité incroyable pour repousser une fin annoncée au-delà des limites que l'art médical avait cru pouvoir fixer. Cette maladie est douloureuse pour les proches car ils sentent s'éloigner semaine après semaine, ou dans les cas favorables mois après mois, le parent ou l'ami qui leur dit un au revoir qui n'en finit pas. On peut cultiver la mémoire ancienne, faire prononcer à celui que l'on aime des phrases qui évoquent une période très antérieure, susciter parfois quelques souvenirs plus récents, mais l'éloignement progressif est irrémédiable jusqu'au jour où le malade ne reconnaît plus même ses enfants. Cette dernière phase me fut épargnée par l'accident, mais l'infirmière qui visitait le plus souvent ma mère me raconta ensuite que lorsque venaient le samedi puis le dimanche, jours où je lui rendais visite très régulièrement, une certaine agitation et une profonde tristesse la prenaient dont elle ne parvenait pas à se défaire avant le lundi. Et qu'il en allait de même la semaine suivante.

Peut-être aussi me satisfaisais-je de la présence de mon frère au chevet maternel. Vint enfin le jour que nous avions fixé pour le retour. Cet après-midi-là, honteux de mon retard, je me précipitai à l'hôpital dès mon arrivée à Paris. Notre mère avait été changée de chambre afin de ne pas imposer l'image de son agonie puis de sa mort aux autres malades. La pièce où elle reposait avait déjà l'allure d'une chapelle ardente. On m'avait averti que le coma était maintenant profond. Mon frère m'attendait, affligé de cette fin prochaine et peut-être aussi du retard qui était le mien. Aussitôt arrivé, ayant acquis la conviction, du fait de ma propre expérience, que ce genre de sommeil n'est pas un mur interdisant toute communication, je m'adressai à la dormeuse de la façon suivante : « Maman, il faut que tu saches que tes deux fils, Dominique et Christian, sont auprès de toi et qu'ils y resteront aussi longtemps que tu le souhaiteras. Christian et Dominique sont auprès de toi et ils t'accompagneront dans ton voyage. »

Il existe un témoin qui peut authentifier ce que je vais écrire à l'instant. Du plus profond de son coma, notre mère manifesta à deux reprises un signe de reconnaissance. Chaque fois que je prononçai le nom de ses deux fils, ses yeux roulèrent sous ses paupières closes. Ce fut sa façon de nous dire au revoir. Son cœur cessa de battre dans la nuit qui suivit. Peut-être avait-elle voulu attendre le retour de son fils aîné avant de s'en aller. Peut-être voulait-elle s'assurer que ce dernier, qui depuis plusieurs mois ne s'était plus rendu à son chevet, était toujours en vie. Peut-être ne s'agit-il là de ma part que de conjectures provoquées par la faiblesse du corps et la dépression des sentiments.

Mais les circonstances m'ont permis, à quelques mois d'intervalle, de vivre mon coma personnel et celui d'un être cher, de témoigner que la conversation avec le dormeur est toujours possible, que la proximité de la mort ne l'interrompt pas, que l'amour, l'affection et même la simple attention ne sont jamais dispensés en vain. Ni pour lui, ni pour elle. Ni pour vous. Ni pour moi.

## Lhassa, juillet 1992

Le guide tibétain est venu dormir au pied de mon lit. Il n'a pour tout matelas qu'une couverture. Je le remercie, mais je ne sais pas si ce que je suis en train d'articuler a un sens.

On m'a amené dans cet hôpital cet après-midi. Depuis plusieurs jours, mon état physique se détériorait progressivement. Geneviève a jugé qu'elle ne pouvait plus me laisser à l'hôtel, même si j'ai pour compagnon un tuyau qui, à la tête du lit, distribue un peu d'oxygène. L'air est trop rare. J'en ai pris conscience dès le premier réveil sur le haut plateau. Je m'étais rendu au bord de la falaise sur laquelle était accoté le village où nous avions passé la nuit et j'ai été pris de vertiges, non pas de la nature de ceux qui vous attirent vers l'abîme, mais d'une impression d'instabilité qui eût pu me faire basculer autant vers la paroi que vers le vide.

Cela correspondait aux symptômes que l'on m'avait décrits du mal des montagnes, mais j'ai voulu croire que mon organisme s'habituerait jour après jour à l'altitude comme cela est souvent le cas. Je n'ai suivi aucun des conseils que je savais raisonnables. J'ai voulu monter au point le plus haut de notre trajet, jusqu'au camp de base de l'Everest, sur le versant chinois de la montagne. Notre voyage avait été rêvé de trop longue date pour le voir avorter dès son début. Jour après jour je me suis affaibli, mais je ne voulais pas renoncer aux étranges merveilles de ce royaume niché sur les hautes montagnes, de ce pays où rien ne s'interpose entre votre prière et le ciel. Vint un moment où je ne fus plus capable de marcher qu'à grand-peine. Le guide prit alors l'initiative de brûler les dernières étapes pour arriver aussi rapidement que possible à Lhassa, où se trouve un hôtel confortable équipé de bonbonnes d'oxygène et disposant d'un médecin. Même allongé, j'étais malheureux, perclus de migraines et de gênes, mais je restais affamé de curiosité. J'avais tant lu sur le mal des montagnes que je voulais, autant que possible, examiner cette affection destructrice et découvrir comment elle évoluerait, certain que j'étais de pouvoir la maîtriser en dernier ressort. Un après-midi pourtant, mes propos étant devenus tout à fait incohérents, Geneviève prit la décision de me faire embarquer sur une civière à destination de l'hôpital militaire. Je ne protestai pas car je venais de prendre conscience que je ne pourrais pas aller beaucoup plus loin dans l'exploration de ma déchéance sans risquer de rester pour toujours au pays des neiges.

Le séjour à l'hôpital, sol en ciment, murs nus et lit de fer, ne fut pas plaisant mais efficace. Deux jours plus tard, je fus embarqué sur un avion à destination de Katmandou où j'eus le loisir de recouvrer peu à peu la santé.

Une fois encore, sans l'avoir recherché, je m'étais approché du grand mystère du monde d'ailleurs. J'y trouvai une certaine excitation.

## Vertiges

Il m'arrive de remercier le ciel de m'avoir fait voyager si profondément en moi-même. Il m'arrive de le maudire de m'avoir ramené à la vie. Mais si je détaille quelques-uns des épisodes de mon parcours, je me rends compte que cet aller et retour vers les limbes et la vie ne fut pas une expérience unique de mon existence. Peut-être même correspond-il pour beaucoup d'entre nous à la tentation inavouée de franchir les bornes du monde des vivants pour ensuite raconter ce que l'on a découvert de l'autre côté.

# Irlande, 1972

Il me fallut attendre d'avoir vingt-six ans pour observer *mon* premier cadavre. Cet événement eut lieu pendant une nuit d'août au début des années 1970. Je marchais seul, dans une avenue vide. On aurait pu croire la ville désertée par ses habitants si des coups de feu, isolés ou en rafales, n'avaient retenti en échos renvoyés par les murs. Je n'avais pas une expérience suffisante de la guerre des villes pour déterminer s'ils étaient proches ou lointains. Quant à moi, j'étais armé du seul magnétophone qui était alors mon principal instrument de travail. Ma solitude au milieu de ces maisons obstinément muettes, la crainte d'être pris pour l'ennemi par l'un des deux camps en présence commençaient à ébranler ma résolution de ne pas me cantonner à l'hôtel mais de rechercher le lieu des affrontements entre milices rivales quand des gamins surgirent en bande d'une ruelle attenante. Ils n'avaient pas la mine rieuse que les enfants de leur âge affichent souvent quand ils courent ensemble. Sans doute étaient-ils chargés d'une mission car ils m'examinèrent avec beaucoup d'attention jusqu'à ce que l'un d'entre eux se hasarde à prendre la parole pour m'interroger. « *Where do you come from ?* », demanda-t-il sur un ton où l'agressivité le disputait à la crainte. « *France* », répondis-je sans trop d'inquiétude, car je me savais être dans une petite enclave catholique au cœur de Belfast. Être issu d'un pays catholique représentait une sorte de sauf-conduit dans cette partie de la ville. Alors, avec force gestes, les garçons me firent signe de les suivre dans l'impasse d'où ils étaient sortis. L'éclairage y était presque inexistant. Les fenêtres d'une seule des maisons voisines étaient allumées, et encore la lumière y était-elle si faible que l'on eût pu se croire revenu à l'époque de l'éclairage au gaz. L'entrée était gardée par des costauds peu avenants. Mais, en dépit de la rudesse de l'accent irlandais, je compris que ma qualité de Français suffirait encore à vaincre les réticences suscitées par les violences des journées écoulées.

On m'introduisit dans ce qui pouvait passer pour un salon. La pièce était éclairée par des bougies ou des cierges, je ne sais plus. Telle était la lumière que j'avais discernée de l'extérieur. Au milieu de la pièce, un homme était couché, les yeux clos. Il me fallut un peu de temps pour comprendre qu'on veillait là un mort. C'était une sorte de géant à la peau blanche et au poil roux, exemplaire parfait de l'image que nous entretenons de son peuple. Le visage pourtant présentait une particularité qui ne pouvait être ignorée : il était marqué de flétrissures brunes. C'est ce que s'employa aussitôt à souligner un gaillard de même allure dont un assistant me précisa qu'il était le frère de la victime. Celui-ci, d'une voix forte qui prenait à témoin la petite assemblée, affirma que ces marques brunes résultaient des coups qui avaient été portés par des soldats britanniques. Et, dans un geste très démonstratif, il souleva le drap qui couvrait la poitrine du mort. On pouvait y discerner des ecchymoses semblables à celles du visage. Dès que le frère eut redéployé le linceul, la famille et les voisins regroupés dans la pièce entonnèrent un cantique qui allait être suivi par d'autres. Cela paraissait si bien orchestré que, lorsque je revins à Paris, l'un de mes confrères de la radio me demanda avec soupçon si je n'avais pas utilisé un disque du commerce pour embellir cette scène. Il s'agissait d'un temps où certains « grands reporters » s'étaient illustrés en « bruitant » ainsi leurs reportages. Quant à moi, j'ai gardé de cette scène, outre les images que j'ai décrites, le souvenir d'une odeur fade, triste et moite qui m'accompagna plusieurs semaines. Pendant plusieurs jours, je crus qu'elle s'attachait à ma peau et que je ne pourrais plus jamais m'en défaire. La mort n'était pas belle telle qu'elle m'apparut la première fois. Mais du moins, tout triste et tout marqué qu'il fût par la violence, mon premier cadavre était entier. Ce ne fut pas le cas de beaucoup d'autres que je rencontrai par la suite. De ma vie, je ne connus que peu de morts apaisés. La plupart d'entre eux portaient l'empreinte des souffrances ou des violences qu'ils avaient endurées. Et, pourtant, je ne peux m'empêcher de penser que la fascination des abîmes que nous ressentons tous ou presque cache souvent un désir inavoué d'aller côtoyer, sinon pénétrer, le royaume des ombres. Ainsi en est-il du vertige qui n'est autre que la tentation de se jeter dans le vide, tentation à laquelle il est parfois difficile de résister.

Quelques mois plus tard, je voulus découvrir, avec L., une Irlande qui ne fût pas celle de la guerre. Nous avions exploré le comté de Galway, à l'ouest du pays. Il ne manquait plus à notre curiosité que les îles d'Aran, dernière terre avant l'Amérique. Nous y débarquâmes dans la bruine qui devait donner à ce lieu une allure particulièrement mystérieuse. Une visite s'imposait, dans le centre de l'île, à un fort de l'époque néolithique. La construction en elle-même n'avait pas grand intérêt. Il ne s'agissait que de pierres posées les unes sur les autres, sans lien entre elles mais suffisamment bien agencées pour édifier une muraille plus haute que la taille d'un homme. Derrière cet abri, les guerriers de l'époque pouvaient longuement résister à un improbable envahisseur. L'ingéniosité de la méthode utilisée pour assembler ces cailloux était telle que, de nombreux siècles plus tard, il était encore possible de parcourir la muraille à son sommet comme s'il se fût agi d'un chemin de ronde. Ne disposant pas sur place de beaucoup de distractions, enfermé dans le brouillard, c'est ce que j'entrepris de faire. Il ne me fallut franchir que quelques pas pour trébucher sur un galet. En d'autres occasions, j'aurais su me rattraper ou du moins contrôler ma chute de façon à m'affaisser droit devant moi, sur le passage circulaire. Je garde encore aujourd'hui le souvenir d'une culbute délibérée, qui me précipita dans le vide la tête la première. La partie gauche de mon visage heurta le sol. Je fus, peut-être contre mon gré, sauvé par le hasard qui fit que mon crâne s'écrasa sur un petit tapis d'herbe molle et non sur les cailloux d'alentour. Le spectacle, me dit L. par la suite, était vraiment terrifiant. Une chute dans la brume, un corps resté inanimé pendant de longues minutes, l'éloignement de toute autre présence humaine et donc de tout secours médical, tout cela l'avait profondément remuée. Je m'en tirai avec une gueule très déformée par les contusions, mais dont l'aspect inquiétant devait ensuite s'atténuer. Depuis, je sais que le vertige est bien l'angoisse que chacun d'entre nous porte en lui de se jeter délibérément dans le vide. J'ai appris auprès d'alpinistes que ce vertige peut à l'occasion saisir les plus expérimentés d'entre eux.

Le vertige des abîmes, de la vie et de la mort n'est-il pas, après tout, ce que recherchent les « fous de la montagne » qui excellent dans les situations les plus périlleuses mais qui parfois aussi y laissent leur vie ? Nous connaissons tous, à un moment ou à un autre, la fascination d'aller au-delà de ce dont nous sommes capables. Aucune drogue n'est plus grisante que le plaisir de dépasser ce que l'on a déjà accompli, quitte à mettre sa vie en danger dans cette tentative. Et le fait de jouer sa vie, si peu que cela soit, ajoute encore à l'excitation du moment. Les médecins rapportent que les « grands réanimés » connaissent l'euphorie. Cela tient sans doute au fait d'avoir outrepassé les limites de la vie au cours d'un voyage que bien peu ont eu l'occasion d'accomplir.

# Groenland, 31 juillet 1997

Malgré mon expérience tibétaine, je n'ai pas renoncé à la montagne. J'ai même réussi à m'introduire au cœur d'une expédition préparée par des alpinistes confirmés qui ont eu la faiblesse et la gentillesse de m'accepter parmi eux. Pour me faire admettre dans leur équipe, je leur ai promis de m'entraîner chaque jour dans le but d'accroître ma résistance à l'effort. C'est ce que j'ai fait tout au long du printemps, mais je sais à peine marcher sur la glace. Mes talents de grimpeur restent à démontrer. Le vertige me saisit facilement.

Plus que la montagne, ce qui me fascine dans cette aventure est l'environnement polaire, la violence prévisible des vents, la rigueur des températures et l'absence de toute vie. Avant de partir, il a été entendu, et c'était la condition mise à ma participation par le chef de l'expédition, que si la phase ultime de l'ascension s'avérait trop difficile, je resterais au camp de base. Nous n'en sommes pas encore là. Nous avons pris beaucoup de retard sur le calendrier que nous nous étions fixé. Contrairement à la légende, il ne fait pas toujours beau l'été au Groenland. Nous sommes restés bloqués au niveau de la mer par le mauvais temps pendant une longue semaine. Pour ne pas renoncer sans avoir tout tenté, nous avons décidé, il y a six jours de cela, de nous mettre en route sans certitude de parvenir ni jusqu'au sommet ni même jusqu'au lieu prévu de campement d'où sera lancé l'assaut final. Si assaut final il doit y avoir. Depuis notre départ, les conditions météorologiques ne nous ont pas épargnés. Et pas plus aujourd'hui que les autres jours. Voici les quelques notes que j'ai griffonnées quand je l'ai pu.

*5 heures du matin.* – Il a plu toute la nuit et maintenant il neige. Nous sommes très mouillés tous les huit. Mes vieilles douleurs se sont réveillées (sciatique et épaule droite). Mon index droit (c'est ennuyeux pour écrire) est endolori (chute, rhumatisme ou bien est-ce ma façon de tirer la pulka ?). Au petit déjeuner, chacun y va de son bobo.

Il pleut, il neige. Pas assez de visibilité, nous attendons.

Le glacier est plat, impossible de s'isoler. Quand l'un d'entre nous s'éloigne, les autres se détournent pour ne pas le gêner.

Je me suis installé sous ma tente pour écrire. J'entends sur RFI qu'un double attentat du HAMAS a fait quinze morts à Jérusalem. Quand je rapporte la nouvelle à mes coéquipiers, elle n'intéresse personne. Nous sommes ici si loin de tout..., aux prises avec nous-mêmes... et avec les conditions météorologiques.

*13 heures.* – Nous déjeunons. C'est un moment de détente. Un peu morose pourtant. Sur le glacier où l'eau surgit de partout (il ne gèle pas), tout est trempé.

*14 heures.* – Miracle ! Alors que nous finissons de déjeuner, le temps s'éclaircit. Quelques rayons de soleil percent à travers les nuages. Les affaires sèchent un tout petit peu.

*16 heures.* – Nous sommes partis. La lumière est très gênante. Elle écrase toute perception du relief. C'est ce que l'on appelle un jour blanc. On a la curieuse impression de se déplacer à l'intérieur d'un nuage. Je ne distingue rien. Mes compagnons sont un peu plus exercés. Ils parviennent à discerner les creux du terrain qui peuvent annoncer la présence de crevasses. Nous nous inquiétons plus encore quand nous arrivons à la jonction de deux glaciers. Les failles que l'on découvre ne sont plus parallèles à notre progression. Elles se chevauchent, s'entrecroisent. Il est impossible de prévoir ni leur longueur, ni leur largeur, ni leur disposition. Quand deux masses aussi énormes s'entrechoquent, il n'existe pas de loi sur la façon dont les eaux de ces fleuves gelés peuvent se mêler. Et, de surcroît, la neige qui s'est mise à tomber masque les fissures les plus étroites. Les ponts de neige sont très hasardeux. Souvent, ils s'effondrent sous le poids des pulkas qu'il faut remonter à la force des bras. On s'encorde donc une nouvelle fois. Pour moi, cela rend la progression encore plus difficile. Il faut surveiller la corde pour qu'elle reste tendue et, en même temps, contrôler en permanence la trajectoire de la pulka afin d'éviter qu'elle dérive vers l'inconnu. Bouva est le plus souvent en tête. Il est sûr et prudent. Il inspire confiance.

Momentanément, pourtant, Jacques a pris la direction de la cordée. Il lui impose un rythme qui est, pour moi, trop rapide. Je m'épuise à le suivre.

Deux fois, trois fois je lui demande de ralentir. Mais il va à son allure. Naturellement et comme d'habitude.

La fatigue l'emporte. En franchissant un pont de neige, je tombe. Mon bras droit et mon bâton de ski perforent sa médiocre épaisseur. Je me trouve dans une situation ridicule, humiliante. Je suis incapable de me relever. Mais alors que je m'inquiète pour ma dignité, tandis que je redoute d'être responsable du retard de l'expédition, mes camarades ont découvert un autre motif d'angoisse. Le pont étant assez mince et la neige peu dense, il peut s'effondrer d'un moment à l'autre et nul n'est en mesure d'estimer la profondeur de la crevasse. Du fait de mon inexpérience, j'ai été placé en milieu de cordée. Cela me donne une sécurité relative en cas de malheur. Mais je risque d'entraîner les autres avec moi. Si je tombe, les skis de mes compagnons ne leur donneront pas une assise suffisante pour résister très longtemps. C'est pourquoi, l'un après l'autre, ils déchaussent. Quand ils s'estiment suffisamment assurés, Bernard, qui lui a gardé ses skis, s'approche de moi en restant sur le bord du glacier. Il me tend un de ses bâtons pour que je m'y accroche. En tirant dessus, je tente de me lever mais je ne parviens qu'à me blesser les ligaments du genou droit. La tension monte dans le groupe. Quant à moi, je m'inquiète. Non pas tant pour ma vie que pour la façon dont cette chute ridicule est perçue par les autres. Jusque-là, je m'étais fait une gloire de n'avoir pas retardé ces grimpeurs habitués des glaciers. Maintenant, c'est l'heure de l'humiliation, la minute de vérité où l'état des muscles, le manque d'agilité et l'absence d'expérience renvoient à la réalité.

Je ne sais pas comment j'arrive à me relever. À force de reptations sans doute ridicules, j'ai fini par trouver une position qui me permet de placer mes skis de façon perpendiculaire à la pente, comme on l'apprend aux enfants dès leurs premières heures de l'école de neige.

Ce soir-là, nous dînons à 23 heures et nous nous couchons à minuit et demi. Jamais nous n'avons regagné nos tentes aussi tard depuis notre départ de Kusuluk...

***

En relisant aujourd'hui ce texte griffonné sur un cahier d'écolier, je me rends compte que, à ce moment de ma vie, je n'ai pas eu peur de mourir. Deux jours plus tôt, alors que, après avoir été déposés au confluent de cinq grands glaciers, nous escaladions celui d'entre eux qui devait nous mener jusqu'au pied du massif au sommet duquel se trouve le mont Forel, j'ai glissé au bord d'une crevasse très profonde, provoquant une vive émotion chez mes compagnons. C'est cette émotion qui m'a fait comprendre que je m'étais trouvé en grand danger.

Tout au long de cette expédition, je me suis efforcé au maximum de rigueur et de prudence. Je voulais éviter d'être responsable du retard ou de l'échec d'une campagne préparée depuis plus de douze mois. Il n'en demeure pas moins que ma participation à ce voyage tenait du pari de ma part et de façon moins consciente de la part de ceux qui avaient accepté de m'emmener avec eux. Je n'ai pas participé à l'assaut final auquel a donné lieu cette première française. Bernard, le chef de l'expédition, m'en a dissuadé après avoir examiné l'état de la montagne. J'étais du reste déjà très fatigué et je n'aurais pas été capable de parvenir au sommet. J'aurais vraisemblablement mis en danger la vie des autres.

J'étais maître de mon existence. Je voulais éprouver mes capacités dans les conditions les plus difficiles, caresser les précipices, dépasser tout ce que j'avais connu jusque-là, connaître le plaisir de remporter un pari qui n'était pas gagné à l'avance, sentir en somme que je jouais ma vie loin des joies domestiques et de l'ennui des plages de la Méditerranée.

Il paraît que ce que j'ai vécu pendant ce mois d'août 1997 est le lot commun des plus grands alpinistes. Toutes proportions gardées, bien sûr. Eux ne s'accordent pas une escapade touristique dans le danger, comme ce fut mon cas, ils en font leur vie quotidienne à un niveau de technique et de risque qui ne souffre pas de comparaison avec ma virée groenlandaise. Nombreux sont ceux, aujourd'hui, qui recherchent la griserie que provoque le fait de mettre sa vie en danger dans un monde où la sécurité est devenue le maître mot de nos sociétés.

De ce point de vue, ma démarche, cet été-là, ne fut pas particulièrement originale. Ce qui le fut davantage, c'est que cette tentation me soit venue avec l'âge. J'ai adopté le scooter à l'approche de la cinquantaine. C'est habituellement plus jeune que l'on recherche le plaisir de glisser sur la route, de s'incliner le plus bas possible dans les virages et de paraître ainsi défier les lois de la pesanteur en jouant avec celles de la gravité. Mais mon accident ne fut pas la rançon du plaisir. Il a fallu que je rencontre la mort dans une occasion où ma conduite était tout à fait raisonnable. Telle est, paraît-il, la logique aberrante de l'accident.

## La Chaise-Dieu, août 2003

Enfin, je viens de l'observer tout à loisir. Il y a un instant la terreur éclatait sous les voûtes de la basilique. Des accords violents et somptueux bondissaient du chœur jusque dans la nef pour aller se perdre au fond de la crypte. De timides volutes d'harmonies se réfugiaient sous les tapisseries médiévales. Mais Elle, Elle continuait à rire. Elle se moquait des terreurs qu'inspire le requiem aux âmes fragiles. Le concert terminé, le père B.M. m'a accompagné à Sa rencontre. Je L'ai vue sur le mur de la contre-allée danser et tourbillonner. Elle entraînait avec elle le pape et l'étudiant, le connétable et le paysan, le cardinal et le marchand, le chevalier et l'artisan. Elle riait de leurs hésitations. Elle s'amusait de leurs maladroites résistances. Elle s'inclinait devant eux pour mieux les entraîner à sa suite.

Depuis plus de cinq siècles, Elle n'a cessé de mener la sarabande des puissants et des malheureux, dès lors qu'un artiste inspiré lui a donné vie sur ces pierres. Elle rythme ses pas de danse sur les accords de Berlioz ou de Fauré et plus souvent sur les harmonies de l'orgue qui accompagnent les défunts dans la nef. Sur la fresque où Elle a été posée, Elle est bien la seule à s'amuser au milieu de personnages imbus de pouvoir, du talent ou de l'intelligence dont ils se croient dotés.

La mort est gaie, et ce n'est pas que par moquerie de ceux qui la craignent. Peut-être est-Elle heureuse...

C'est devant cette fresque que se termine, pour l'instant, mon chemin.

# Apprendre

Dans la vie de tous ceux qui ont subi un accident de quelque gravité, il y a un avant et un après. Et quand à cette occasion la victime a été plongée dans ce sommeil très profond qu'on appelle le coma, la vie est coupée en deux. Cela signifie que l'existence que l'on avait connue s'est arrêtée et qu'une autre a commencé. Je ne renie en aucun cas celle que j'ai vécue jusqu'au 2 mars 2001. Elle fut la mienne. Je ne crois pas devoir en être honteux. Mais s'il me fallait la recommencer, je crois que je disposerais de plus de capacité de jugement et que je saurais mieux l'infléchir aux moments clefs. Je n'ai guère d'excuse pour ne pas l'avoir mieux réussie car, très jeune, j'étais déjà obsédé par le risque d'aliéner ma liberté et je n'ai pas su éviter ce piège. Dès l'adolescence, en effet, il m'était apparu que le lieu de notre naissance, notre condition familiale, les ambitions que nos parents manifestaient ou non pour leur progéniture modelaient la vie de la plupart d'entre nous sans que nous ayons véritablement notre mot à dire.

Pendant d'interminables siècles, l'avenir professionnel des êtres humains dépendit totalement ou presque de ce qu'avait été le destin de leurs parents. Et cet état de choses se répéta de génération en génération. L'immense progrès réalisé dans les sociétés dites avancées consiste en ce que ce ne soit plus entièrement vrai. On pourra se désoler, et on aura raison, de constater que les universités n'abritent pas plus de jeunes gens des couches populaires, mais au moins en sommes-nous maintenant conscients et avons-nous la volonté, parfois défaillante, souvent oubliée, de faire en sorte qu'il en soit autrement. Il arrive aussi que les sociétés les plus inégalitaires soient celles qui mettent le moins d'obstacles aux promotions les plus inhabituelles. De même, les périodes de grands changements, révolutionnaires ou non, constituent une magnifique opportunité d'ascension pour ceux qui savent saisir l'occasion. C'est l'époque où l'on voit s'édifier les fortunes les plus rapides, souvent aussi les moins honorables. C'est alors que la direction d'un pays peut échoir dans les mains d'hommes et de femmes qui, quelques semaines auparavant, étaient totalement inconnus de leurs concitoyens.

Ce qui m'avait frappé, dès l'origine, c'était que l'erreur d'un jour, commise au sortir de l'adolescence, pouvait détruire toute ma vie. La littérature, jusqu'au milieu du XX^e^ siècle, fut nourrie de ces histoires de jeunes gens ou de jeunes filles condamnés à la médiocrité pour avoir une fois « fauté ». Aujourd'hui, ces récits ne sont plus à la mode parce que la société se veut plus tolérante et tente de croire que les erreurs seront pardonnées. Cependant, la grande angoisse de tous les parents est de voir leurs enfants effectuer un mauvais choix dans leurs études, choix qui les engagera sur une voie médiocre. Ainsi est-il rare qu'à l'âge de vingt-cinq ans la vie d'un être ne soit pas prédéterminée. Entrer dans une carrière, cela consiste la plupart du temps à en gravir mécaniquement les échelons. Cela se fera plus ou moins vite selon le talent, l'ardeur au travail et l'entregent de chacun. Mais, à cet âge-là, le choix est déjà considérablement restreint. Il faut beaucoup d'imagination, de volonté et de goût du risque pour s'extraire d'une entreprise où l'on a longuement travaillé. Le mariage et l'arrivée d'enfants finiront de fermer la plupart des portes de la liberté. Avec le passage du temps, celle-ci s'efface inéluctablement devant le devoir et la facilité. Souvent le premier est invoqué alors que c'est la seconde qui prévaut. Parfois, au contraire, des foucades dues au besoin de liberté font oublier les responsabilités qui sont les nôtres. Une vie ne se construit bien que dans le délicat équilibre du devoir, de l'initiative, de la responsabilité et de la liberté. Peu nombreux sont les êtres humains qui pourraient estimer en toute bonne foi qu'ils ont réussi à atteindre cette harmonie et à la conserver au long de leur vie. Personne ou presque, au milieu de difficultés en réalité souvent minimes mais toujours envahissantes, n'est véritablement capable de considérer les années écoulées avec suffisamment de sévérité pour discerner les erreurs commises et tenter, quand il est temps encore, d'y remédier.

L'immobilisation inconsciente dans un sommeil très particulier aux frontières de la mort, la rupture entre deux moments de la vie fournissent la capacité d'effectuer un nouveau départ grâce à une liberté momentanément retrouvée.

J'ai le droit, me semble-t-il, de l'écrire : mourir n'est ni difficile ni pénible. C'est au contraire un vrai bonheur. Dans mon cas, l'approche de la mort n'a provoqué aucune souffrance. Douleur et angoisse m'ont été inconnues. Je n'ai pas rencontré la Camarde. Nul squelette de faucheuse, en robe noire, ne m'a approché. Je garde, de ces journées passées dans les limbes, des souvenirs pour la plupart apaisants. Le lecteur aura pu en juger. Les rêves les moins doux sont, dans ma mémoire, les premiers que j'ai vécus. Peut-être dans ceux-là avais-je un reste de conscience qui, mêlé aux impressions du moment (celles de la salle d'opération ?), a créé cette étrange salle de spectacle qui migrait des rives de l'Atlantique à celles du Pacifique. Se pourrait-il qu'en cette occasion la vision que j'ai eue d'un monde incliné presque à la verticale fût celle que reçoit un patient imparfaitement endormi alors qu'il est allongé sur une table d'opération et que le chirurgien se penche vers lui ? L'épisode italien n'est pas franchement joyeux, mais j'ai tendance à l'attribuer à des conversations que certaines ou certains imprudents auraient pu tenir à proximité de mon lit, dans ma chambre du service de réanimation. On ne dira jamais assez que le comateux est un être vivant, immergé dans un autre monde, mais capable de percevoir les signaux que lui envoient les vivants. En revanche, la scène de l'ange et celle du chevalier et dc la dame étaient empreintes d'une extraordinaire sérénité. Avant la première comme après la seconde hallucination, je n'ai souvenir de rien qui fut pénible. Bien au contraire. Dans ces temps-là, tout fût douceur et paix. Le silence lui-même était ouaté. Certains penseront peut-être que je connus cette sérénité parce que la mort était relativement éloignée de moi. Je ne le crois pas. Les récits de ceux qui lui ont rendu visite de plus près parce que leur cœur s'est arrêté de battre pendant de longues secondes ou de courtes minutes corroborent ce que j'écris. Je peux donc affirmer que l'approche de la mort ne provoque ni peur ni douleur. J'ai tendance à penser qu'il ne peut en être différemment de la fin de la vie, quand la lumière qui clignotait de plus en plus faiblement s'éteint. Je crois donc que nous nous trompons quand nous pleurons un être cher. Ce départ correspond à la fin de ses souffrances, surtout si cette fin a été précédée d'une maladie ou de blessures que l'on a tenté de soigner sans succès.

Que la mort soit un état désirable a d'autres conséquences, et tout d'abord celle-ci : quand nous pleurons la disparition d'un être cher, ce n'est pas sur lui que nous nous attendrissons mais sur nous-mêmes. Ce n'est pas celui ou celle qui s'en va qui est à plaindre, mais ce sont ceux et celles qui l'ont aimé et à qui il va manquer. Terriblement. Le chagrin – ou la peine – que nous éprouvons ne saurait pour autant être qualifié de sentiment égoïste. Il témoigne, au contraire, de l'amour que nous avons porté et que nous continuons de porter au disparu, des liens que nous avons su tisser avec lui.

L'amour est au cœur même de ces moments où nous hésitons devant les portes de la mort. Un pas en avant et c'est l'adieu, l'évasion. Un pas en arrière et c'est peut-être pour celui qui l'effectue le début d'un très long et laborieux chemin de retour vers les siens.

J'ai été « sauvé » parce que, pendant mon coma, j'ai baigné dans l'amour que me dispensaient les miens. Peut-être aussi les multiples témoignages d'amitié dont j'ai bénéficié ont-ils joué leur rôle dans mon retour à la vie.

L'instant décisif, pourtant, est clairement identifié. Il se produit quand le chevalier blanc, qui se dirige vers le cimetière, est arrêté par la reine d'Espagne, Isabelle la Catholique. Celle-ci rassemble sur sa seule personne toutes les prières, tous les témoignages d'affection ou d'amour qui me furent adressés. Elle garantit au chevalier, pour le retenir d'une décision fatale, que, jusqu'à la frontière de son royaume, il n'endurera plus de souffrances. Cet engagement est fort : l'absence de souffrance, c'est la porte ouverte vers le bonheur. Hélas pour lui, le chevalier n'a pas su ou pas voulu remarquer que la parole de la reine ne l'obligeait pas au-delà des limites de ses terres.

Aujourd'hui encore, je ne peux me défaire de ces paroles ; je ne peux oublier cette promesse incomplètement tenue. Certes, la reine n'a pas menti. Des confins de la mort, elle m'a aidé à revenir aux frontières de la vie. Elle m'avait affirmé que le voyage de retour se ferait sans souffrance. Je n'ai pas voulu entendre qu'il me resterait après l'éveil un long chemin à parcourir, qu'il ne suffirait pas de quitter la nuit et de rentrer dans la lumière pour aborder une existence nouvelle. La renaissance n'efface pas le passé. La mort m'eût offert la paix. La rançon qu'exigeait la vie allait être terrible. Il m'est arrivé bien souvent de maudire la dame blanche et, à travers elle, toutes celles et tous ceux dont les prières et l'amour m'avaient fait sortir des limbes.

Je n'ai pas pu parfois m'empêcher de leur en vouloir de m'avoir ramené parmi eux en ne sachant pas me protéger des douleurs physiques et morales qui allaient m'accabler ensuite.

Ressusciter un être cher crée des devoirs. Et celui qui revient à la vie se sait des obligations.

Cette histoire n'a pas de fin.

# Épilogue

J'ai bénéficié pendant ces semaines, ces mois d'hospitalisation, de manifestations d'affection qui s'étendaient bien au-delà du cercle de mes familiers. Ce furent d'abord les amis les plus proches et les plus anciens qui trouvèrent le chemin de la Pitié et réussirent dans les heures qui suivirent l'accident à rencontrer le professeur S. La réputation que ce médecin avait acquise les dirigea vers lui. Son service avait à traiter une partie de mes blessures. Il se montra pessimiste sur mes chances de survie, si pessimiste même que mes amis se refusèrent de faire part de ses observations à Geneviève.

À la radio, mes confrères firent montre d'une extraordinaire solidarité. Au cours des journées incertaines, ils informèrent autant qu'ils le pouvaient le public de l'évolution de mon état. Là où j'étais, je n'y pouvais absolument rien, mais quand je le sus, il me sembla que cette expression d'amitié si ardente n'eût pas dû être affichée de la sorte. Peut-être me suis-je trompé, car je reçus sur mon lit d'hôpital un courrier si abondant que j'en suis encore aujourd'hui ému et étonné. Des témoignages chaleureux parvinrent à Geneviève, tandis que j'étais toujours « absent », en provenance de trois chaînes de télévision pour lesquelles j'avais travaillé. J'avais quitté l'une d'entre elles en médiocres termes avec sa direction. Cela n'empêcha pas nombre de journalistes et de techniciens de prendre la plume ; les uns pour inscrire leur signature au bas d'une lettre commune, et les autres pour rédiger quelques lignes touchantes à mon intention. Il y eut aussi des petits mots et des missives circonstanciées en provenance de tous les milieux avec lesquels j'avais l'habitude de travailler.

Je connus aussi quelques déceptions. Tel et telle m'avaient assuré à plusieurs reprises de leur indéfectible amitié. Mais, à l'article de la mort, je ne pouvais plus être utile, ni nuisible à personne. Pour ceux-là, il n'était donc pas bien nécessaire de poursuivre ce jeu des mondanités.

Le pire se produisit après, lorsque j'eus retrouvé mon travail.

Le procès pénal vint à l'audience huit mois après l'accident, alors que je tentais de reprendre goût à la vie. Je n'eus ni le courage ni la force de me rendre au tribunal. Mal m'en prit. En mon absence, le juge S., qui porte bien à tort le nom d'un roi de l'Antiquité, condamna celui qui n'avait pas tout à fait réussi à prendre ma vie à un mois de suspension de permis et mille francs d'amende. Ce jugement n'impliquant aucune menace de sanction automatique en cas de récidive constituait un véritable permis de tuer. Aujourd'hui, plus aucun magistrat n'oserait rendre une décision de cet ordre. Mais la justice de notre pays fut longtemps complice de l'hécatombe que nous avons connue sur les routes du fait de la mansuétude dont ont bénéficié les fautifs. M., qui n'avait donné aucun signe de vie jusqu'au procès, n'en donna pas plus par la suite. Cet épisode judiciaire, semblable à beaucoup d'autres, fut un désastre. Et pourtant, le procès qui suit un accident pourrait être l'occasion d'une explication entre la victime et le coupable. Le second pourrait reconnaître sa responsabilité de façon publique et libérer ainsi deux consciences, la sienne et celle de l'accidenté, dont j'ai dit qu'il vit avec la sensation confuse d'avoir participé à une injustice commise à la fois pour et contre lui-même. Mais la procédure est ainsi faite qu'une telle reconnaissance ne fournirait au premier aucun avantage et lui procurerait peut-être quelques inconvénients supplémentaires. Un jugement comme celui qui a sanctionné mon aventure ne permet à personne d'être au clair avec soi.

Quelques mois plus tard, j'échangeai avec le président du club sportif que je fréquentais une brève correspondance. Je lui demandai d'avoir l'équité de m'exempter d'un an de cotisation puisque je n'avais pu me rendre dans ses installations pendant dix-huit mois. Cet étrange personnage me fit savoir que même si la matérialité de mon invalidité et de mon absence était prouvée, ce dont il doutait, il n'en serait pas question. Heureusement, ces comportements furent exceptionnels.

Il y eut aussi quelques maladresses innocentes, c'est pourquoi, dans l'intérêt de chacun et à l'usage de ceux qui n'ont pas eu l'occasion de voir l'un de leurs proches ou simplement une relation professionnelle connaître un grand malheur, je donnerai quelques conseils de bon sens qui ont le mérite d'être émis par quelqu'un qui s'est trouvé de l'autre côté. Premièrement, manifestez-vous, et plus d'une fois. Deuxièmement, écrivez, ne téléphonez pas, ou bien ne téléphonez qu'à une seule occasion. La conversation téléphonique passe. Elle peut être oubliée. À certaines époques, elle est inopportune ; elle ravive les plaies. Une lettre reste. Elle peut être lue et relue. Relue, elle le sera toujours au bon moment. Troisièmement, ne considérez pas comme mort ou impotent celui qui peut ressusciter. Certes, s'il a fait l'aller et retour, il aura ensuite bien d'autres soucis que celui d'obtenir réparation auprès de ses faux amis, mais il n'oubliera ni ceux qui l'ont entouré ni ceux qui l'ont négligé. Si vous êtes dans la seconde catégorie, rassurez-vous quand même, le mort-vivant ne cherchera pas à vous nuire délibérément. Il a pris goût à d'autres jeux plus dangereux et plus enivrants.

Le « dormeur » qui s'est réveillé et qui a repris sa place dans le monde peut être injuste, lui aussi. Involontairement, je l'ai été. Que ce soit involontaire n'est pas toujours une excuse et je vais transmettre mon expérience afin que ceux qui me liront avant de s'en aller faire un voyage analogue au mien puissent éviter, dans la mesure du possible, de la répéter.

Le bien que l'on fait crée, on l'ignore trop souvent, autant d'obligations que le mal causé exige de réparations. Je considère, peut-être à tort, que tous ceux qui m'ont manifesté leur amitié ou leur affection dans cette période particulièrement difficile m'ont aidé à recouvrer la santé et ma place dans la société. Il ne fait aucun doute que les nouvelles qui me furent transmises alors que je m'éveillais puis les lettres que je pus lire pendant la phase de rééducation m'ont d'abord aidé à ne pas sombrer dans la morosité, puis à travailler avec énergie à gravir les échelons du retour à une relative normalité.

C'est quand celui-ci commence à s'affirmer que s'annoncent les difficultés. Le « dormeur » est d'abord bien accueilli dans son entourage antérieur. On le fête, on lui réserve beaucoup d'égards, mais cette phase bénie ne dure pas très longtemps. Plus vite reprend-il sa place qu'autour de lui on oublie qu'il n'est pas entièrement rétabli, qu'il traîne avec lui beaucoup de réminiscences déplaisantes, qu'il a vécu longtemps dans un monde où on s'est employé assez souvent à prévenir ses désirs, ou du moins à ne pas trop les contrarier. Dans ces conditions, ce qui, pour d'autres, apparaîtrait comme de petits malentendus devient à ses yeux des actes d'hostilité. Il a oublié pendant son absence que la vie en famille et en société est faite aussi de ce genre de déceptions.

Pour les parents, les amis et les simples relations qui ont contribué à faire revenir le « dormeur » dans leur communauté par leurs encouragements, leurs témoignages d'affection ou l'amour qu'ils ont répandu sur lui, la déconvenue peut être terrible et imprévue, l'incompréhension entre le sauvé et le sauveteur totale. Pourquoi, demandera le dormeur sans jamais se faire comprendre, pourquoi m'avoir fait revenir parmi vous si vous n'êtes pas capables de m'épargner des difficultés auxquelles je n'étais plus habitué ? Il m'est arrivé ainsi de ne pas savoir contrôler mes émotions et céder à la colère de façon totalement incompréhensible pour les autres. Les modifications qu'entraîne dans notre personnalité le voisinage avec l'autre côté de la vie ne sont pas simples à décrire. Une visite dans les limbes est une expérience irremplaçable et peut-être même, par bien des aspects, positive. Nul pourtant ne saurait s'en prévaloir pour affirmer qu'il en est sorti meilleur qu'il ne l'était avant d'y séjourner.

# *Remerciements*

Dans les services de réanimation, les soins sont administrés par des médecins, des infirmiers et des infirmières passionnément dévoués à leur tâche. Mais ils se trouvent les uns et les autres face à une effrayante épreuve. Comment peut-on demeurer en paix auprès de ces êtres qui ne donnent jamais ou presque le sentiment de savoir ce que l'on fait pour eux, qui peuvent rester de longues semaines, voire de longs mois, dans cet état de suspension entre un monde et l'autre que l'on nomme le coma ? Et puis, un jour, décider d'en sortir, de s'en sortir sans que l'on sache pourquoi ? Bien des médecins, bien des infirmières ne peuvent supporter ce dialogue impossible. On est vite découragé à se dévouer sans connaître l'effet de son labeur. Il est terriblement tentant de ne considérer le dormeur que comme un corps en attente d'un décès officiel et celui qui se laisse aller à cette tentation, ne serait-ce qu'un instant, voit un angoissant sentiment de culpabilité l'accabler le moment d'après.

La réanimation doit s'ouvrir plus d'une heure par jour à ceux qui aiment le malade. La règle absurde est heureusement souvent transgressée. Il faut qu'elle soit jugée nuisible. Il y va du salut des « dormeurs ». Beaucoup d'entre eux ne décideront de se réveiller, je peux en témoigner, que s'ils savent qu'on les attend, qu'on les espère, qu'ils seront accueillis à l'occasion de leur très pénible retour au monde par l'amour des leurs. Pour les soignants, ces visites sont une gêne, mais au moins, pendant qu'elles se déroulent, peuvent-ils avoir la certitude qu'ils ne sont pas seuls dans leur dialogue avec la mort, avec le mort.

Si mon parcours d'équilibriste sur la crête qui sépare la vie de l'au-delà, la lutte du renoncement peut être utile à mes frères en souffrance, ce livre n'aura pas été oiseux. Entendons-nous bien : il ne s'agit en aucun cas d'empêcher ceux qui décident de s'en aller ailleurs d'assumer leur choix. Il faut seulement que tous ceux qui traversent cet état sachent ce qui les attend, ceux qui les attendent s'ils décident un jour de revenir. Le « dormeur », comme le prisonnier, n'a droit aujourd'hui qu'à des visites étroitement réglementées. L'administration hospitalière se mêle même, dans certains cas, de déterminer à partir de quel lien de parenté il a le droit d'être entretenu par les siens. Au moins, l'homme incarcéré ne se voit-il pas imposer une limitation des rencontres liée à une absurde interprétation de l'état civil. Certes, tous les services, tous les hôpitaux n'ont pas la même politique. J'ai bénéficié de la part des médecins et du personnel administratif du service de réanimation de l'hôpital de la Pitié à Paris d'une grande mansuétude. Il est vrai aussi que tous ceux qui me sont chers n'ont pas eu la force de celles qui m'aimaient et qui se sont relayées à mon chevet. Les femmes, en ce genre d'occasions, montrent souvent une certitude tranquille qui fait parfois défaut à leurs compagnons.

Les remerciements se lisent en conclusion. Je voudrais transmettre l'expression de ma gratitude et de ma reconnaissance aux femmes et aux hommes qui, en me sauvant la vie, ont permis que ces pages soient écrites.

Et notamment aux professeurs Ménégaux, Rouby, Riou, Saillant, Gandjbakch, aux docteurs Goldstein, Kanaan, Leprince, Rolland, Tronca qui m'ont opéré, observé, soigné, suivi pendant ces premières semaines où la vie et la mort se livraient sur mon corps et dans mon esprit à un jeu bien curieux. Mais aussi à l'infirmier dont je ne connais que le prénom, François, qui s'est acharné à me réveiller sans jamais désespérer malgré le peu d'empressement que je mettais à répondre à ses appels, à lui et à ses consœurs attentives à qui mes délires ont donné bien du souci.

Les autres sont dans mon cœur, ils et elles se connaissent.

Les premiers ont évité que je meure, les secondes m'ont rappelé à la vie...

# Table

*Cet ouvrage a été composé et mis en pages*
*par* ÉTIANNE COMPOSITION
*à Montrouge.*

*Cet ouvrage a été imprimé par*

FIRMIN DIDOT

GROUPE CPI

*Mesnil-sur-l'Estrée*

*pour le compte des Éditions Robert Laffont*
*24, avenue Marceau, 75008 Paris*
*en septembre 2004*

Dépôt légal : octobre 2004
N° d'édition : 45269/01 – N° d'impression : 70111

*Imprimé en France*